光文社文庫

文庫書下ろし／長編時代小説

若殿討ち

鳥見役京四郎裏御用㈤

早見　俊

この作品は光文社文庫のために書下ろされました。

目次

第一章　淫売の死

一

飛鳥山《あすかやま》。

八代将軍徳川吉宗《よしむね》が享保《きょうほう》五年（一七二〇年）から翌六年にかけて千二百七十本もの山桜の苗木を植林し、桜の名所とした。名所とするに際し、庶民が気兼ねなく訪れることができるよう、飛鳥山を所有していた旗本野間《のま》氏から御用地として召し上げ王子権現《おうじごんげん》に与えた。以来、江戸庶民の憩いの場となっている。

その麓《ふもと》に一軒のこじゃれた小料理屋がある。紺地の暖簾《のれん》に白文字で、「弁天屋《べんてんや》」と染め抜かれたその店は、女二人で切り盛りされ料理の美味《うま》さと女将《おかみ》の人柄、それに愛想のいい美人の女中が評判に輪をかけている。

公儀鳥見役《とりみやく》諏訪京四郎《すわきょうしろう》は常連客の一人だ。今日も一日の仕事を終え、仕事といっても雀《すずめ》を十羽獲るというなんとも長閑《のどか》なものだが、これが将軍へ献上する雀となると、立派な役目となる。ここ飛鳥山を中心とした王子村一帯は岩淵筋《いわぶちすじ》と呼ばれる将軍の鷹場《たかば》だ。京四郎は雀を十羽捕獲し、岩淵筋を管理する兄諏訪京太郎《きょうたろう》の屋敷へ持って行く。

この暑い中、雀を獲るというのは楽ではない。棹《さお》の先に餅《もち》を付け、米粒で呼び寄せた雀を獲る。近頃では蝉《せみ》獲りに興じる子供たちに邪魔《じゃま》され、今日も大汗をかいたところだ。

この店は京四郎の母お蔦《つた》が営んでいる。

ともかく、明日への活力をつけるためここで一杯飲んでいる。小上がりの座敷で冷や酒と奴豆腐《やっこ》、泥鰌《どじょう》鍋をつついていると胸にじんわりと幸福感が込み上げてくる。刻んだ葱《ねぎ》をたっぷりと入れた泥鰌は酒によく合い、一日の疲れが引いていく。満足、満足と思っていたところへ、

「えらいこっちゃ」

と、飛び込んで来た男。右半身と左半身が違う。飛鳥山で芸を披露する大道芸人の坂田《さかた》団九郎《だんくろう》という。団九郎の持ち芸は一人芝居。大坂から流れて来て京四郎とは同じ長屋に住んでいる。この日も右半身を塩冶判官《えんやはんがん》、左半身を大星由良助《おおぼしゆらのすけ》に扮《ふん》して「仮名手本忠臣蔵」四段目、判官切腹の場を熱演してきたところだ。

続いて大男が入って来た。

団九郎と一緒に暮らす大道芸人雷鳴為左衛門《らいめいためざえもん》だ。為左衛門は一人相撲で生業《なりわい》を立ててい

る。文字通り、呼び出しから立ち会い、相撲、決着、勝ち名乗りまでを一人で再現するのだ。為左衛門は仙台出身、力士くずれだった。

「なんだ、騒々しいな」

京四郎はくいっと猪口《ちょこ》を飲み干した。団九郎も猪口をもらって一杯飲み干すと、

「装束榎《しょうぞくえのき》の近くで女が殺されたってこってすよ」

団九郎は勢い込んだ。横で為左衛門も驚きの表情を浮かべている。装束榎とは大晦日《おおみそか》の晩に関東中の狐《きつね》が集まり、装束を改めて王子稲荷《いなり》に参拝するという伝承で知られる王子村の名所である。見ず知らずの女が殺されたと聞いても、特に興味は湧《わ》かなかったが、二人の表情にはただならないものが感じられた。京四郎の無関心を批難するかのように団九郎は眦《まなじり》を決した。塩冶判官と大星由良助の入り混じった滑稽《こっけい》な顔を見るとつい吹き出しそうになってしまうが、団九郎の真剣さを見ていると笑うわけにはいかない。

ちゃんと話を聞いているのだと、京四郎は身構えた。

「殺された女というのはお夕《ゆう》といいまんのや。柳橋《やなぎばし》で芸者をやってたんですが、半年くらい前から王子村に流れてきて」

団九郎はお夕の人となりを語った。

それによると、お夕は半年前に流れて来て、王子村に住みついた。王子稲荷の近くにあ

る長屋で暮らしていたが、一体何をやっているのかはわからない謎《なぞ》めいた女だったという。男好きのする顔立ちで、時折、男といるところを目撃されていた。

「そのお夕が殺されたんですわ」

団九郎は声を上ずらせた。だから、それがどうしたという目を向ける。

「着物を脱がされていて、剝《む》き出しになっていた胸に淫売と血文字が書かれておったんですわ」

死因は絞殺であるという。

「それから、惨《むご》たらしいことに……」

団九郎の声が更に高まった。気持ちを高ぶらせているのも無理はない。なんと、右の乳房が切り取られていたのだという。右半身左半身の異なる異形《いぎょう》の男の興奮ぶりに、周りの客たちは気味悪そうに目をぱちくりとさせた。そこへ、看板娘のお民《たみ》がやって来て、

「ちょっと、団九郎さん」

と、物騒な話はしないよう求めてくる。団九郎は声の調子を落とし、

「惨たらしいうて、今、王子村ではちょっとした騒ぎになってますわ」

為左衛門も横でうなずいている。

「お夕という女、よほどの恨みを買ったのか」

京四郎は見知らぬ女の顔が目に浮かぶような気がした。

「なんでも、あちらこちらで、浮き名を流していたそうですよ」

なあという具合に団九郎は為左衛門を見る。為左衛門は二度三度首を縦に振った。

「物騒なことになったもんですわ」

「うんだ」

為左衛門はやっとのことでそう声を発した。大きな身体《からだ》に蚤《のみ》の心臓、その典型のような男である。お夕という女の惨殺ぶりに怖気《おじけ》づいているようだ。団九郎はお民に向かって、

「お民ちゃんは、罪作りなことやってへんわな」

「わたし、男の人にもてることはないから」

お民の目元がほんのりと赤らんだ。

「そんなことないがな、お民ちゃんを狙《ねろ》うてる男は多いと思うで」

団九郎は大真面目《おおまじめ》なのだが、からかわれたと思ったのか、お民は逃げるようにして調理場へと引っ込んだ。

「いっくら、思い通りにならんかったというても、あない惨たらしく殺すことはないと思いますわ。きっと、頭のおかしい奴ですわ。頭がおかしなるような暑さでっけどね」

「おまえも頭を冷やせ」

京四郎は湯呑《ゆのみ》に酒を注《つ》いでやった。団九郎はおおきにと遠慮なく湯呑を受け取った。それから暖簾を潜《くぐ》って来た客が、口々にお夕殺しを話題にしている。みな、その陰惨な殺され方に驚きと興味を募らせているようだ。

「こら、明日には王子村はこの話題でもちきりになるだろうさ」

京四郎は言った。


明くる三日の朝、京四郎は王子村にある兄京太郎の屋敷へ向かった。

王子村は将軍の鷹場の一つ岩淵筋に属している。従って、町奉行所や郡代、代官の支配は受けず、鳥見役が巡検し管理していた。鷹場の法度《はっと》は厳しく、鷹場に暮らす百姓たちは勝手に家の新築、増築をしてはならず、橋を架けるにも許可が必要で、野鳥の捕獲も許されない。その代わり、畑では牛蒡《ごぼう》や人参《にんじん》、大根といった江戸市中に持って行けば高値で引き取られる青物の栽培が許され、王子村の百姓たちの貴重な収入源となっている。

容赦なく降り注ぐ強い日差しに抗《あらが》うように京四郎は空を見上げると、青空に真っ白く光る入道雲が横たわっている。左手にはこんもりと盛り上がる緑の中に王子権現の威容が眺められ、門前には茶屋が軒を連ねている。茶屋の喧騒をやり過ごし右手に目をやると一面の緑、すなわち、田圃《たんぼ》が広がっていた。田圃の中を一本道が貫き四町ほど先に目立つ一本の榎がある。装束榎と呼ばれ、年に一度大晦日の晩に関八州《かんはっしゅう》の狐がこの榎の下に集まるという伝承で知られている。つまり、ここでお夕の陰惨極まる亡骸《なきがら》が発見されたのだ。もちろん、今はきれいに片づけられ、陽炎《かげろう》に揺れる榎の周囲は蟬しぐれと子供たちの歓声に彩られていた。

鳥見役組頭《くみがしら》を務める京太郎の組屋敷はここから北へ一町余り歩いた所だ。京太郎は異母兄である。父諏訪仁太郎《じんたろう》も鳥見役組頭を務めていた。鳥見役は将軍の鷹場を巡検して鷹の好物である鶴《つる》、雁《がん》、鴨《かも》の飛来状況を確かめ密猟する者はいないか目を光らせる。その上で、将軍の鷹の餌《えさ》として、雀を一日十羽捕獲することを義務付けられていた。

鳥見役組屋敷には、二十歳《はたち》まで京四郎も住んでいたのだが、京太郎が嫁を迎えたのを機に屋敷を出た。京太郎は近所に屋敷を用意させると言ってくれたが、京四郎は勝手気儘《きまま》に暮らしたいと市井《しせい》の長屋に住むことを選んだ。

屋敷の長屋門を入る。

さぞや、お夕殺しの対応に苦慮していると思いきや、京太郎は普段通りである。母屋《おもや》の庭に面した居間で文机《ふづくえ》に向かい、何やら書き物をしている。この暑いのに、裃《かみしも》に威儀を正し、しかめっ面《つら》で筆を動かしている様は蟬の鳴き声にも負けない暑苦しさだ。

縁側から居間に入り挨拶《あいさつ》を送るとようやくのこと筆を止め、

「なんだ、朝っぱらから。もう、雀を獲ってまいったのか」

いつもながら不機嫌な顔を向けてきた。

「雀ではありません」

「ならば、何をしにまいった」

「お夕という女が殺されたとか」

京太郎はそれがどうしたと言いたげだ。

「下手人《げしゅにん》は挙がったのですか」

「いいや」

京太郎は小さく首を振る。

「探索は行っておるのですか」

「何故《なにゆえ》だ」

逆に問い返された。心外である。岩淵筋を管理する責任者として殺しを放置しているとは信じられない。

「それは、岩淵筋で起きた殺しですから、兄上が下手人を挙げるのが筋と存じます」

「それなら、勘定方《かんじょうがた》が行う」

さらりと京太郎は言ってのけた。なるほど、そういうことか。天領《てんりょう》を管理するのは勘定奉行。勘定奉行が役人を派遣し、探索を行うということだろう。

「どうした、おまえ、下手人探索をしたいのか」

その目は妙な考えを起こすのではないぞと言いたいようだ。いくら殺しの探索は勘定奉行が行うとしても、何もしないというのはいかがなものか。村人たちは少なからず動揺しているのだ。安心させるのが京太郎の務めではないか。

「聞けば、惨たらしい亡骸であったとか」

右の乳房が切り取られた上に胸には血文字で淫売と書かれていたとも付け加えた。

「王子村の者たちは、みな怖気《おぞけ》を震っております。民の心を安らかにするのが兄上の務めではございませんか」

「ほう、言うてくれるではないか。確かにその通りだ。しかしな、勘定奉行を差し置いて勝手な探索は行えない」

京太郎はいつもながらの杓子定規《しやくしじようぎ》な物言いであり、正義は我にありと言いたげである。だが、京四郎とて間違っているとは思わない。

「それはそうですが、知らん顔というのもよくないと思います」

「ふん」

京太郎は聞く耳を持たないと言った風に文机に向かった。このまま帰る気はしない。黙って居座り続けた。こうなったら根競《こんくら》べである。眉《まゆ》をひそめ書き物をしている京太郎の横顔を見ている内に強い日差しに背中を焦がされ、額《ひたい》や襟《えり》首から汗が滴《したた》ってくる。汗が畳を濡《ぬ》らしたところで京太郎は小さくため息を吐《つ》いた。筆を硯《すずり》箱に戻して顔を上げ、

「そのお夕なる女、男出入りが激しかったそうじゃ。浮き名を流すこと多し。柳橋でも、ずいぶんと男をたらし込んだそうだぞ」

と、言った。

なんだ、ある程度のことは調べているのじゃないか、と、兄のことを見直した。

「よくご存知で」

「それくらいのこと、調べてあるわ」

京太郎は特別に誇ることもない。岩淵筋にやって来た流れ者に警戒の目を向けていたのは当然だという。それから、汗を拭《ふ》けと鬱陶《うっとう》しそうに付け加えた。

「男出入り、そんなにもございましたか」

京四郎は手拭《てぬぐい》で顔や襟を拭った。すると、そこへ、

「男出入りとは何ですか」

と、少年の声がした。いつの間にか庭に京太郎の嫡男勇太郎《ゆうたろう》と妻恵美《めぐみ》が立っている。二人で朝顔の鉢植えに水をやっていた。恵美が戸惑いの目で、

「これ、勇太郎、父上と叔父上《おじうえ》は大事なお役目の話をされておられるのです。余計な口を挟んではいけませんよ」

「でも、男出入りって何のことでございましょう」

勇太郎の疑問は去らず、顔を曇らせるばかりだ。

京四郎は庭に下り立ち、

「どうだ。相撲を取るか」

と、両手を広げた。

「やります」

たちまちにして勇太郎の顔が晴れた。うれしそうな顔で京四郎に挑みかかってくる。京四郎は胸の中で勇太郎の小さな身体を受け止めた。

「もっと、もっと、力を出すのだ」

京四郎が叱咤《しった》すると、

「よおし」

勇太郎は歯を食い縛って京四郎に挑みかかる。日に日にたくましくなっていく、子供の成長というものは早いものだ。勇太郎と遊んでいると、汗にまみれたが胸の中に涼風が吹き過ぎるようだ。

二

それから三日後の水無月《みなづき》六日。

お夕殺しの下手人は挙がらず、噂は岩淵筋の範囲を超え、江戸市中にまで及んでいた。瓦版《かわらばん》が色々と尾ひれをつけて書き立てたようだ。京四郎は京太郎の呼び出しを受けた。

京太郎はいつもの不機嫌な顔で一枚の紙を差し出した。着物をはだけた女の絵が描かれている。女の胸には赤い字で淫売と書かれていた。記事を読まずともお夕殺しについての瓦版だとわかるが、京太郎の目は読めと言っている。記事は、お夕が惨たらしく殺された様子や、お夕が淫蕩《いんとう》を重ねる女であったことが綴《つづ》られ、岩淵筋は将軍の鷹場であるだけに、こんな惨たらしい殺しが起きたことはかつてなく、鳥見役の手抜かりであると批難の矛先《ほこさき》を京太郎に向けていた。

「全く、好き勝手書きおって」

京太郎の顔は苦々しげに歪《ゆが》んでいる。

「瓦版屋の書くことなんぞ、一々気になさることはありません」

「おまえは呑気《のんき》でよいのう。わたしは立つ瀬がない」

京太郎はともかく、勇太郎のことが心配だ。父親への批判に幼い胸を痛めはしないかと危ぶんだ。

「ですから、探索をするべきだとわたしは勧めたのです」

つい、批判口調になってしまうのはどうしようもない。京太郎は小さなため息をつき、

「実は昨日、勘定奉行小野寺《おのでら》隠岐守《おきのかみ》さまにお呼び出しを受けた」

京太郎の渋面を見れば、その呼び出しがいかにも厳しいものであったことが予想される。

「小野寺さまは、お夕殺しの一件、わたしに任せるとおおせになった」

小野寺はお夕殺しが予想以上の波紋を広げていることを憂慮し、岩淵筋を預かる者として指を咥《くわ》えているわけにはいくまいという言い方をしたという。

「小野寺さまはこれまでに探索を行われたのではございませんか」

「確かになさった。当初、探索は勘定方にて行うので手出しするなと釘《くぎ》を刺されたくらいだ」

京太郎は訝《いぶか》しんでいる。

「探索を受け継ぐということにはならないのですか」

「探索の様子、これに記してある」

と、京太郎は帳面を持ち出した。

「これが、取調べのさまだ」

京太郎は無言で読んでみろと言っている。京四郎はそれを手にするとざっと目を通した。

まずはお夕の検死報告があった。

お夕は団九郎が言ったように絞殺だった。両手で咽仏《のどぼとけ》を絞められたという。そこに医師の見解として、

「淫行中」

と、ある。思わず声に出してしまい勇太郎に聞かれはしまいかと周囲を見回す。幸いにも勇太郎も恵美もいない。それを察したように、

「勇太郎は恵美に連れられ王子稲荷に参詣《さんけい》だ」

京太郎が言った。

京四郎は再び調書に視線を戻す。つまり、下手人はお夕とまぐわっていた時に首を絞めたようだ。お夕が死ぬと、無残にも乳房を切り取り、血で、「淫売」と書き、装束榎まで運んで捨てた。殺害現場が装束榎付近ではないことは、周囲に血痕《けっこん》がないこと、亡骸が大八車に乗せられて筵《むしろ》が被《かぶ》せてあったことから推定されていた。大八車が朝から榎の近くに放置してあったため、昼下がりとなって、不審に思った百姓が筵を捲《まく》って発見したということだ。

「惨たらしいことをするものよ」

京太郎は今更ながらそう言った。

「抱いていながら殺す。しかも、亡骸にこのような惨いことをする。いかにも鬼畜の所業でございますな」

「許すことできぬな」

京太郎も調書を読んでみて、正義感をかきたてられたようだ。調書の末尾には一人の男の名前があった。

「重右衛門《しげえもん》、王子村の庄屋ですな」

「いかにも」

京太郎は静かにうなずく。調書によると、重右衛門は熱心にお夕を口説《くど》いており、後妻に迎えようとしていたという。お夕はのらりくらりとはぐらかし重右衛門を翻弄《ほんろう》していたのだった。

「では、まずは重右衛門を当たってみます」

「頼む」

京太郎がうなずいたところで肝心の話をしていないことに気がついた。

「今回の賞金ですが」

京四郎は言う。

「ない」

京太郎は素気無く首を横に振った。

「ない……、のでございますか」

口があんぐりとなってしまう。

「当たり前だ。お夕などという下賤《げせん》の女殺しの下手人を挙げたところで、褒美《ほうび》など出るわけがなかろう」

京太郎は顔をしかめる。

実は京四郎には夢がある。

琉球へ行くのだ。

弁天屋の看板娘お民と……。

実はお民、お民というのは世を忍ぶ仮の名である。まこと本名は藍佐奈《あいさな》という琉球の娘だった。

三年前の冬、天保《てんぽう》三年（一八三二年）十一月に京四郎は新潟湊《みなと》に赴いた。薬種問屋《やくしゅどいや》を探る裏御用を請け負ったのだ。ご禁制の抜け荷を行っているという噂の薬種問屋蓬莱屋《ほうらいや》に用心棒として潜入した。実態を探索し、抜け荷の証拠品を摑《つか》むのが京四郎の役目であった。

その蓬莱屋の慰《なぐさ》み者にされそうになっていたのが藍佐奈だった。京四郎は役目を忘れ藍佐奈を助け出した。助け出したものの藍佐奈に行き場はない。そこで京四郎は藍佐奈を江戸に連れ帰りお蔦の元に預けた。

いつか、藍佐奈を琉球に帰してやる。そして、自分も琉球で暮らす。琉球は年中暖かで海は緑に澄み渡り、食べ物や酒も豊富という。そんな夢のような国、琉球で暮らすまでは、その夢を実現するまでは、なんとしても死ねぬ。

いくらかかるのかわからないが、百両あれば大丈夫ではないかと京四郎は思っている。

鳥見役には表立っては、岩淵筋の治安を守るということと将軍の鷹への餌を確保するということがあるが、もう一つ、隠密《おんみつ》活動とも言うべき役目がある。

それが裏御用だ。

通常は不穏《ふおん》な動きを見せる大名家に潜入し、探索を行うのだが、その際には成功報酬が支払われる。それをあてに京四郎は危険を顧みずに挑んでいるのである。

「欲をかくものではないぞ」

「わかっておりますが」

言葉に力が籠《こも》らないのは仕方がない。

「では、早々に行います」

京太郎は最早《もはや》関心がないかのように文机に向かった。京四郎は腰を上げた。内心で舌打ちをしながら京太郎の家を後にした。

盛夏の日差しは強烈だ。

菅笠《すげがさ》を被り、紺色の単衣《ひとえ》の着流しというずいぶんと気楽な格好をしているものの、それでも、暑いものは暑い。日陰を選んで歩こうとするが、田圃が続くばかりで木陰《こかげ》がないとあってはそれもできない。装束榎まで戻り、道を西に取った。重右衛門の家はここから一町ばかり行った突き当たりである。

程なくして着くと、広い屋敷の生垣越しに中を見る。庄屋の家らしく長屋門があり、瓦葺きの大きな母屋と立派な厩《うまや》が見える。長屋門を潜り、下男に素性を告げるとすぐに玄関に通された。出迎えに出た重右衛門は肥え太った身体を縞《しま》柄の単衣に包み、絽《ろ》の夏羽織を重ねて汗を拭き拭き現れた。

「諏訪さま、よくぞお越しくださいました。兄上さまには大変にお世話になっております」

重右衛門は両手をついた。

「今日まいったのは、五日前に死んだお夕についてだ」

重右衛門はおもむろに京四郎を座敷へと導いた。広い座敷に通され、冷たい麦湯が出されたところで、

「先日もお役人さまがお訪ねになられたのです」

勘定奉行小野寺隠岐守配下の役人がやって来たという。

「わたしのことをお疑いのようでございました」

「おまえ、お夕を後妻に迎えようとしておったそうではないか」

「いかにもその通りです」

重右衛門はおずおずと答える。

「お夕は色よい返事をしておったのか」

「この秋にはと……」

重右衛門の声は曖昧《あいまい》に濁っていく。

「お夕という女、男出入りが激しかったようだな」

「なにせ、男好きのする女でございましたからな」

「お夕が住んでおった長屋、おまえが保証人となり、家賃も払っておったそうではないか」

「後妻に迎えるつもりでしたから、それくらいのことはしてやっておりました」

「柳橋におった頃に見初《みそ》めたのか。さぞや入れ込んでいたんだろうな」

我ながら下世話な言葉を使ってしまったと反省したが、重右衛門は特別に嫌な顔をすることなく、

「そういうことです」

おくめんもなく答える。

よほど惚《ほ》れていたのだろう。重右衛門は俯《うつむ》き加減に聞いた。

「わたしのことをお疑いでございますか」

ふと、重右衛門の手を見る。庄屋ながら農作業をしてきたという太くてたくましい指をしている。この指なら女の細首を絞めることはできるだろう。

「五日前の晩、つまり、今月の一日夜、何をしておった」

「この家におりましたが」

「一晩中か」

「飯を食べてから休みました」

「お夕は来なかったのか」

「来ておりません」

「おまえは一歩も外へは出ていないのだな」

「ずっと家におりました」

重右衛門は力強く答える。

「証言する者はおるのか」

「奉公人たちにお確かめください」

重右衛門はそれきり黙り込んだ。

「わかった」

一旦は引き下がることにした。一応、小作人たちに話を聞いたが、みな重右衛門の証言を裏付けることしか言わなかった。

収穫はなしだ。

三

団九郎と為左衛門は飛鳥山で大道芸にいそしんでいた。しかし、この暑さといったらなく、ついつい松の木陰で一休みといったことを繰り返している。

「あかんな、この暑さでは商売にならんがな」

団九郎の顔は吹き出す汗に抗いようもなく、化粧が剝《は》げ落ち、なんとも珍妙な形相《ぎょうそう》と成り果てていた。回し一つとなった為左衛門の裸体からは湯気が立ち昇らんばかりだ。二人で松の木陰でぐったりしていると、その場に爽《さわ》やかな一陣の風が吹き込んできた。揃《そろ》って顔を上げると、えもいわれぬ可憐《かれん》な乙女《おとめ》がにっこり微笑《ほほえ》んでいる。

「どうですか」

娘はお盆に冷たい麦湯を持って来てくれた。

「ああ、せやかてその」

団九郎は稼ぎがないために受け取るのを躊躇《ためら》っていると、

「いいんですよ」

娘は親切心で麦湯を提供してくれるようだ。たまらず立ち上がると両手を差し出した。為左衛門も受け取り、二人して一息に飲み干した。

「ああ、生き返ったようや」

心の底から礼を言った。為左衛門も大きな身体を曲げ、しきりとありがとうございますだ、を連発した。

「いつも、ご苦労さんですね」

娘の顔に見覚えがあった。

「ああ、あんた、お鈴《すず》ちゃんやな」

団九郎は言った。

飛鳥山にある水茶屋の女中、最近になって働き始めた娘である。その美貌《びぼう》と愛想のよさから評判を呼び、あっと言う間に看板娘となっている。

「店にも寄ってくださいね」

愛想よく言うとお鈴は踵《きびす》を返した。

「ええ娘《こ》やなあ」

団九郎は枯草に水をやったように生き生きとなった。為左衛門も満面の笑みでお鈴の背中を目で見送った。

「今度、一稼ぎしてお鈴ちゃんの店に行こな」

団九郎の言葉に力強くうなずく為左衛門である。

明くる七日の夕刻、京四郎はお蔦の小料理屋で団九郎、為左衛門たちと飲んだ。

「お夕のこと、大した騒ぎになってますわ」

団九郎が言う。為左衛門も無口ながら気にしているようで重苦しい顔つきだ。

「お夕という女、相当やったらしいですわ」

団九郎なりに気になっているのだろう。色々と噂話を収集してきたらしい。その話からはお夕の奔放な男関係が浮かび上がった。若い男数人と酒を飲んだり、飛鳥山を散策している姿が目撃されている。となると、重右衛門一人に探索を絞るというのは、誤まった方向へと向かうかもしれない。

「こんなこと言っちゃあ、仏さんに悪いでっけど、自業自得や思いますわ」

団九郎にしては辛辣《しんらつ》な物言いである。お夕という女の身持ちの悪さを物語っているようだ。

「ほんでも、死んだら仏です」

為左衛門はぽつりと言い、その一言が重しとなったのか、団九郎のお夕への批難を止めた。

「ま、そういうことやな」

団九郎は妙にしんみりとなってしまった。

と、そこへ、

「まただぜ」

と、暖簾を潜って来た客が言った。

途端に団九郎が目を尖《とが》らせる。男は音無川《おとなしがわ》に女の亡骸が捨てられていたことを語った。

女はお鈴といった。

途端に、

「お鈴」

と、為左衛門が立ち上がる。団九郎も、

「ほんまかい」

と、男に詰め寄った。男は気圧《けお》されたように、

「水茶屋の看板娘さ。かわいそうにな。むげえ殺されようだぜ」

答えが返された途端に団九郎はがっくりとうなだれた。

「行ってくる」

京四郎は大刀を持った。団九郎と為左衛門もついて来るような素振りを見せたが、

「ここで待っていろ」

京四郎にきつく言われ二人は躊躇ったものの、

「見んほうがええな」

団九郎の言葉に為左衛門も従った。

京四郎は飛び出すと音無川へと急いだ。

河岸には野次馬が群れている。それをかき分けると、京太郎がいた。裃ではなく、羽織、

袴《はかま》で現場を検分している。京四郎を見るなり、

「何処《どこ》へ行っておった」

まずは叱責《しっせき》である。

「探索をしておりました」

「酒を飲んでおったか」

京太郎は吐き捨てるとお鈴の亡骸に向き直った。夕闇《ゆうやみ》の中、亡骸には筵《むしろ》が被せられている。蝉は鳴き止《や》み吹く風は幾分か涼やかになり、赤とんぼが川辺の草むらを飛んでいる。それがお鈴の死を哀《かな》しんでいるように見える。京四郎は両手を合わせるとそっと筵を捲《まく》り上げる。

「これは」

思わず息を呑《の》んだ。

お鈴の亡骸は凄惨《せいさん》を極めていた。左の乳房を切り取られ、胸には、「淫売」と血文字で記されている。死因は絞殺。お夕と同様の殺され方だ。

ということは、

「お夕殺しと同じ下手人でございますな」

京四郎は筵を被せ立ち上がった。

「おそらくはな」

京太郎は責めるような目を向けてくる。おまえが下手人を捕まえないからだと内心では思っているのだろう。

「重右衛門を訪ねましたが、あ奴めはやっていないようです」

「そんな証《あかし》があるのか」

京太郎は顔を歪めた。

「引き続き調べますが、重右衛門に限ることはせず、岩淵筋全域に探索の手を広げるべきと思います」

その言葉に自分一人ではなく、岩淵筋を預かる者として、組織だった人員配置をすべきだという意志を込めた。そのことは京太郎にも通じたとみえ、

「わかっておる。小野寺さまにご報告に上がり、勘定方からも人数を出してもらうつもりだ」

と、決意をその目に込めた。

「承知致しました」

京四郎も並々ならぬ決意を示す。ふと見ると人垣の中からこちらに歩いて来る男がいる。初老のその男は仁平《にへい》と名乗り、お鈴が働いている水茶屋の主人だといった。京四郎は仁平

を野次馬の輪の外へと連れ出した。

「気の毒なことをしたな」

京四郎は自分が鳥見役であることを告げた。仁平は涙を滲《にじ》ませた。

「まったくでございます。それは、それは心やさしい娘で」

お鈴は仁平の孫だという。両親を流行病《はやりやまい》で亡くし、今年の春から仁平が引き取って水茶屋で働いてもらっていたのだという。

「二親《ふたおや》に死なれて、しばらく、沈んでおりましたが、ここでお客と接するにつれて明るさを取り戻しましてね、お客さまからの評判も上々で、それはもう毎日、楽しく暮らしておったのです」

仁平は涙で言葉を詰まらせた。

「それだけ評判の娘なら、さぞや、お鈴目当てでやって来る者たちもいただろう」

「ええそれは」

「お鈴を巡って争い事などが起きた覚えはないのか」

「さて、改めて考えてみますと」

仁平の目が泳いだ。

「どうした。心当たりがあるのではないか」

「ですが、それは」

仁平はぽつりと言ってから立ち去ろうとした。いかにも、その態度は怪しげであり、誰かを憚《はばか》っているかのようだ。きっと何かあるに違いない。そう勘繰《かんぐ》らせるには十分過ぎる仁平の態度である。

「今日はお鈴の通夜で忙しいだろう。気が向いたら、鳥見屋敷におれを訪ねてくれ」

京四郎は言うと仁平は静かにうなずいた。

それから、京太郎の所へと戻った。

「いかがした」

「お鈴が働いておった水茶屋の主人、お鈴の祖父に、話を聞いたところです」

「下手人の心当たりを申しておったか」

「それが、はっきりとは申しませんでしたが、心当たりがあるかのようでした」

「ならば、何故、話を聞かなかった」

いかにも無神経な京太郎の言葉だと思った。孫娘を失い、しかも、こんなにも惨たらしく殺され、そんな仁平から多くのことを聞きだせというのか。

「昨夕に姿が見えなくなり、一晩中、帰りを待ちわびていたそうです」

やや答えをはぐらかした。

「孫娘が姿を消したのに、放《ほう》っておいたのか」

京太郎は批難しきりである。

「それは」

「お鈴が何処に行ったのか心当たりがあるからこそ、朝まで待っておったのではないのか」

京太郎の言い方には険があったが、それも一理ある。京四郎が黙っていると、それを責め立てるように、

「どうなのだ」

と、京太郎は言い寄る。

「それは」

「確かめろ。よいか、この下手人はおそらくこうした犯行を繰り返すぞ」

「………」

京四郎が口を閉ざしていると、

「きっと、繰り返す。これ以上の犠牲者を出してはならんのだ」

京太郎は珍しく激していた。それは京四郎とても同じ思いである。

「わかりました」

断固とした決意でもう一度言うと、現場を離れて行った。

四

京四郎は弁天屋に戻った。

とにかく腹が減った。腹が減っては戦《いくさ》ができぬと自分に言い聞かせたのだ。京四郎の帰りを待っていたかのように団九郎と為左衛門が首を伸ばした。

「どないでした」

「お鈴だった。お夕と同じ奴の仕業《しわざ》だな」

京四郎の言葉に団九郎も為左衛門もがっくりと肩を落とした。お民も悲しみの表情で近よって来る。為左衛門は大振りの握り飯を食べていたところで頬《ほお》にご飯粒を付けていて、それが滑稽ではあるが、誰もそれを注意しようとはしなかった。そんな気にはなれないのである。

「あんなええ娘を」

「んだ。許せねえ」

為左衛門も怒りを露《あら》わにする。

団九郎はふとお民に向いた。

「お民ちゃんも用心せなあかんで」

お民は表情を消した。

「どうした」

京四郎の問いかけに、

「お鈴ちゃんとは何度か話をしたことがあるのです」

お民はそれだけにお鈴の死に衝撃を受けているようだ。仁平とも気さくに口を利《き》く仲だったという。仁平の営む水茶屋で団子を買っていたのだった。

「とっても親切にしてくれたのです。お鈴ちゃんも、わたしも岩淵筋の者ではないのです。それで、仲良くしましょうねって話したばかりなのです」

お民の顔は悲しみに彩られた。

「そら、辛《つら》いわな」

団九郎はどう慰めていいかわからないように首を横に振った。

「ひでえだ」

為左衛門も憤《いきどお》りを露わにする。

「とにかく、用心するんだ」

京四郎もそんな言葉しかかけられなかった。

「ほんまや、本当に気をつけるのやで」

団九郎も強く言う。

ところが、京四郎の用心も京太郎の警戒心も嘲笑《あざわら》うかのようにまたしても女の亡骸が発見された。朝になって、王子稲荷の鳥居前に娘の惨殺死体が発見されたのだ。

娘は王子村の百姓の娘でお銀《ぎん》と言った。お夕、お鈴同様、絞殺されてから、乳房をえぐり取られ、血文字で淫売の文字が書かれていた。ただ違うのは一つではなく、二つの乳房が切り取られていたことだ。犯行は過激になっているようだ。

岩淵筋を恐怖が覆《おお》った。

真夏の最中《さなか》、年頃の娘を持つ者は娘が外を出歩くことを厳しく諫《いさ》め、炎昼《えんちゆう》に娘の姿が消えてしまった。飛鳥山で大道芸を披露している団九郎と為左衛門も一段と客が減った。若い娘目当てでやって来る男たちも娘がいないとあっては人出が途絶えがちなのは当たり前だ。

「暇やなあ」

団九郎は嘆くことしきりである。為左衛門も困り顔だ。二人はふと仁平の水茶屋に視線を向けた。水茶屋は雨戸が閉ざされたままだ。雨戸には喪中の札が貼ってある。

「気の毒になあ」

団九郎と為左衛門は水茶屋の前で手を合わせた。酷暑にもかかわらず戸を閉切り、仁平は孫娘の冥福を祈っているのだろう。と、犬が吠《ほ》え始めた。

「うるさいのう」

団九郎は顔をしかめ為左衛門に犬を何とかするよう目で訴えた。だが、為左衛門は動こうとしない。

「しょうもないな。おまえ、犬が怖いのか」

「そんなことねえ。団さんこそ、怖いのですか」

思わぬ為左衛門の反撃にあって団九郎はむきになり、

「怖いことなんかあるかい」

と、犬に近寄った。犬は吠えたてることを止めようともしない。それどころか、手に噛《か》みつかれてしまった。

「阿呆《あほう》、この犬が」

堪《たま》らず団九郎は蹴《け》とばした。犬は吠え続ける。ところが、仁平は出てこない。ひっそりと、静まり返っていた。

団九郎がおかしいと思ったのは雨戸の隙間《すきま》から赤黒いものが流れ出ているからだった。

「おい」

団九郎は為左衛門を手招きした。その顔は真っ青になっている。それだけではない。焦げるような日差しにもかかわらず、鳥肌が立ってもいた。

「そんなに怖がることはありませんよ」

為左衛門の呑気な物言いは次の瞬間には固まってしまった。

「団さん、これ、血ですわ」

「やっぱりな」

団九郎は恐怖に頬を引き攣《つ》らせた。


水茶屋の中で仁平が袈裟懸《けさが》けに斬《き》られていた。

その晩、料理屋では団九郎と為左衛門が無念の形相で酒を酌《く》み交わしていた。出てくる言葉は仁平殺しの下手人についてである。

「こら、お鈴ちゃんを殺した下手人の仕業ですわ」

団九郎は言った。

「んだ」

為左衛門もすかさず同意する。黙り込んでいる京四郎に向かって、

「京四郎はんもそう思いまへんか」

「決めつけることはできんが」

猪口を持つ手を止めた。実際のところ、京四郎もそう思っている。おそらくは、仁平は口封じをされた。仁平はお鈴が誰に殺されたのか見当をつけていたのだ。お鈴の亡骸を検分した際に話を聞いた時の不審な態度がそれを裏付けているように思えてならない。

「ということは、下手人はお侍でっか。だって、そうでっしゃろ。仁平さんは刀でばっさりやったんやから。仁平さんを殺した奴がお鈴ちゃんたちをあんな目に遭わせたとしたら、こら、お侍ということになるんとちゃうんですか」

「そうかもしれん」

はっきりとは断定できないが、それを真剣に考えねばならないだろう。

「この辺りの武家屋敷を調べまひょか」

団九郎は酒がまわっているとみえ饒舌《じょうぜつ》どころか気が大きくなっているようだ。

「なあ、為」

為左衛門の肩に手をかけた。為左衛門はいくらか冷静さを保っていた。

「なんや、おまえ」

苛立《いらだ》つように団九郎は言う。為左衛門が持て余していると、

「おまえ、そんなことを本気でやろうとしているのか」

京四郎が言った。

「そらそうでんがな。京四郎はんもこのまま黙ってるつもりでっか」

団九郎は食ってかかってきた。

「いや、そんなつもりはないがな」

団九郎や為左衛門には自分の素性を鳥見役とは言っているが、裏御用のことは話していない。今起きている連続絞殺事件の探索に当たっていることも伏せていた。

「なんや、やる気のないその態度はあれでっか、同じ侍はん同士やからということで遠慮してはるんですか」

「そんなことはない」

「武士は相身互いや言うやないですか」

団九郎はすっかりからみ酒となっている。

「おまえなあ、おれがこんな下手人の味方をするとでも思っているのか」

さすがにむっとした。

「ほんなら、一緒に調べようやないですか」

「調べるといってもやみくもにはできんぞ」

京四郎の言葉に為左衛門もうなずく。ところが、団九郎は不満を引っ込めない。

「なんや、腰が引けてますがな」

「なら、おまえ、どうする気だ」

「そら、武家屋敷を片っ端から探りますのや」

団九郎の声の調子が落ちたのは、ここで現実の壁にぶち当たったからだ。岩淵筋近辺にある武家屋敷といっても、どれだけあるのか見当もつかない。どこからどうやって探ればいいのか、その方策も立たない。団九郎がいかに頑張ろうとできない相談だ。

武家屋敷を調べるにはそれなりの態勢が必要となることは団九郎自身にもわかったようだ。

「そらみろ」

京四郎に言われ、

「このまま泣き寝入りするんでっか」

団九郎は悔しさの余り顔を歪ませた。

「そのつもりはない」

こうなったら、勘定奉行小野寺隠岐守の手を借りて、武家屋敷の探索を徹底的に行うべきだ。

「ほんでも、こうしている内にもまた、犠牲になる娘が出てくるかもしれんやないですか」

「んだ」

為左衛門が今度は団九郎に賛成した。

「おまえ、どっちの味方や」

団九郎は為左衛門の頭をぽかりと叩《たた》いた。

「まったく、どうすりゃええのや」

団九郎は頭を掻《か》きむしった。

そこへ、

「あの」

お民が声をかけてきた。

「なんや、もう、看板か」

団九郎は言う。

「いえ、そうじゃないんですけど」

お民はためらいがちだ。

「どうした。遠慮なく申して見よ」

京四郎が言うと、

「そや、話があるのやったら、遠慮したらあかんで」

と、言った。

「わたしを使ってください」

お民は言った。

「なんやて」

団九郎は意味がわからず為左衛門を見る、為左衛門も首を捻《ひね》っている。京四郎が、

「おまえ、まさか」

と、訝しんだ。

「わたしを囮《おとり》にしてください」

「そんな」

団九郎は顔を歪める。

みな、言葉を呑み込んだ。

五

結局、お民の断固たる決意に押し切られるようにしてお民が囮の役割を果たすことになった。

夜四つ（午後十時）を過ぎ、装束榎の下に佇《たたず》む。周囲の草むらに京四郎と団九郎、為左衛門が息を殺して身を潜めているとはいえ、真夜中に娘が一人立っているのは、たとえ絞殺魔の騒動がなくとも心細いものである。

ところが上弦《じょうげん》の月に照らされたお民は絞殺魔を捕えるという気迫に満ちていた。

やがて、畦道《あぜみち》を足音が近づいて来た。一人や二人ではない。ばたばたとやって来たのは黒覆面で顔を覆《おお》った侍が五人ばかりだ。その中の一際《ひときわ》背の高い侍がお民に声をかけた。

「娘、楽しい所へ連れて行ってやろう」

他の連中は押し黙っている。

「嫌です」

毅然《きぜん》とお民は返した。

「よいから、来い」

侍はお民の右手を引っ張った。お民の身体が激しくつんのめると、他の連中がお民を囲む。京四郎は懐《ふところ》を探った。指先が固い物に触れる。雀獲りに使う餅《もち》である。京四郎は餅を右手に摑むと背の高い侍目がけて投げつけた。矢のように飛んだ餅は侍の顔面を直撃した。

「あっ」

不意討ちを食らって侍の手がお民から離れた。石でもぶつけられたと思ったことだろう。

「叫べ、大きな声でだ」

京四郎に言われ、団九郎と為左衛門が、

「絞殺魔やで！」

「大変だ！」

と、二人同時に叫び声を上げた。お民を囲んでいた侍たちの輪が乱れた。

「引け」

背の高い侍が右の頰を手で押さえながら命じると侍たちはお民を残し、東へと走って行く。

「お民を頼むぞ」

団九郎と為左衛門に言い残して京四郎は侍たちを追いかけた。

塊《かたまり》となった侍たちを追うのは、月明かりも味方して困難ではなかった。装束榎から東に一町ほどの距離にある雑木林を抜けると、何時《いつ》の間にできたのか、京四郎の見知らぬ武家屋敷があった。

連中はその屋敷の中へと入って行った。

長屋門を構え、築地塀《ついじべい》を巡らせた屋敷は敷地が五千坪もあろうか。何処かの大名の下《しも》屋敷のようだ。だが、将軍の鷹場である岩淵筋内に屋敷を構える大名などいはしない。

——一体、何者の屋敷——

強い疑念が湧き上がる。

「あの屋敷でっか」

背後で団九郎の声がした。

「なんだ、おまえら、帰らなかったのか」

お民もついて来ていた。団九郎と為左衛門に守られているとはいえ、その気丈さは驚くばかりだ。

「絞殺魔の正体を見届けたいと思ったのです」

お民は言う。

「どなたさまでっしゃろ」

団九郎はしげしげと長屋門を見上げた。

月光を弾《はじ》き、巨大な屋敷が夜空に陰影を刻む姿は絞殺魔の巣窟《そうくつ》にふさわしい不気味さを醸し出していた。

第二章　巨大な敵

一

九日の朝、京太郎を訪ねた。

もちろん、お民の決死の囮探索によって摑《つか》んだ情報、雑木林の向こうにある巨大屋敷の存在を報告するためである。

京四郎と対する京太郎が不機嫌なのはいつものことではあるが、今日は目すら合わせようとしなかった。立て続けに惨たらしい殺しが起きたため上機嫌であるはずはないのだが、それに加えて勘定奉行小野寺隠岐守との折衝《せっしょう》がうまくいかなかったのではないのかと危《き》惧《ぐ》される。それなら、これからもたらす報告は多少なりとも京太郎の心を和《なご》ませることになるだろう。

絞殺魔の住処《すみか》を摑んだのだから。

そう思って身を乗り出し、

「下手人の所在がわかりました」

と、声を弾ませた。

京太郎は一瞬目を凝らしたがすぐに探るような上目使いとなった。

「装束榎から東へ一町ほど行った雑木林の向こうにあります武家屋敷。近頃、できたのでしょうか。中々《なかなか》に立派な屋敷です。下手人はその屋敷に住んでおります」

「……」

京太郎は喜ぶどころか黙り込んでいる。しかも眉間《みけん》には憂鬱《ゆううつ》な影が差していた。何かまずいことでも言ったのだろうか。それでも、

「何者ですか」

問《とい》を重ねる。

岩淵筋にできた武家屋敷なのだ、京太郎が知らないはずはない。

「さて、そのような屋敷があったのか」

京太郎は妙によそよそしくなった。いかにも、何か知っている様子である。

「どちらかのお大名の持ち物でしょうか」

「さてな」

「ご存知ではございませんか」

「知らん」

京太郎は横を向いた。

「とにかく、下手人はその大名屋敷の者です。身形《みなり》からして武士。ですから、その屋敷にお問い合わせいただきたくお願い申し上げます」

「やってはみるがな」

京太郎は乗り気ではない。

「いかがされたのですか」

心もち声が大きくなる。

「いや、別に」

「そうではございますまい」

「報告はわかった。ご苦労であった。今日は下がってよいぞ」

京太郎はそう言ってからふと気がついたように懐から紙入れを取り出した。そして、一分金を二枚、懐紙に包んだ。

「ご苦労」

もう一度声をかけると取っておけと二分を渡してきた。

「ありがとうございます」

遠慮なく受け取った。

「今日は休め」

京太郎にしては珍しい気遣《きづか》いだ。いかにも早く帰そうという意図が窺《うかが》える。それには返事をせずに京太郎の屋敷を後にしようとしたが、

「それはそうと、小野寺さまのご意向、いかがでございましたか。人数を出してくださいますか。あの武家屋敷への対応も小野寺さまにして頂くことになるのでしょうか」

「要請はした。小野寺さまは了承してくだされ、以後、勘定方にて人数を出し、取調べを行うということだ」

言ってからもちろんおまえの報告は伝えておくと言い添えた。

「では、これにて」

京四郎は腰を上げた。

なんとも釈然としないまま京太郎の屋敷を後にした。

飛鳥山にやって来た。

松の木陰で休んでいた団九郎と為左衛門が駆け寄って来た。

「あの屋敷の持ち主、わかりましたか」

団九郎は期待に声を弾ませている。

「わからん」

「せやかて、鳥見屋敷に行けばわかるて」

「最近になってできたからな、まだ、届出《とどけで》がないようだ」

「そんな阿呆な」

団九郎は為左衛門を見る。為左衛門も不満顔だ。

「ほんなら、わてらが探りますわ。お民ちゃんをあんな怖い目に遭わせといて、見過ごしにはできまへんがな」

「んだ」

為左衛門も力強く応じる。

「おれが調べてくる。おまえたちは動くな」

京四郎とてこのまま見過ごす気はない。

「わてらも行きますがな」

団九郎は抗《あらが》ったが、

「おまえらは、ここにいろ」

京四郎は強く言い残し、飛鳥山を下りた。一路武家屋敷に向かう。

問題の屋敷にやって来た。

餅を竿の先に付け、長屋門を守る番士に向かって言った。

「拙者、公儀鳥見役諏訪京四郎と申す。畏《おそ》れ多くも上《うえ》さまご所有の鷹の餌がこちらの御屋敷に逃げ込んだ模様でござる。ついては、中に入り捕獲したいと存ずる」

この口上は、鳥見役の常套《じようとう》手段である。

将軍の鷹の餌がその大名屋敷に逃げ込んだ。ついては、屋敷内に立ち入り、捕獲したい。そういう名目で屋敷内に入って探索するのだ。ただ、大名屋敷側の応対にも常套手段があり、鳥見役に対し、鷹の餌代だといっていくらかの金を包んで引き取ってもらう。

だから、鳥見役にも大名屋敷にも緊張感はない。

常套手段を使ったのは、まずはこの大名屋敷の持ち主を確かめたいということからである。番士は屋敷の中に引っ込み、すぐに潜り戸が開かれた。京四郎は屋敷の中に入った。

目の前に錦の袈裟に身を包んだ僧侶が立っている。僧侶の出迎えとはどうしたものかと目を見張っていると、

「拙僧は宗念《そうねん》と申します。京都知恩院《ちおんいん》にて修行し、今年になり江戸にまいったところ」

宗念は中年で肌艶《はだつや》がよく、目が細くて静かな笑みをたたえていた。京四郎は素性を名乗

ってから、将軍の鷹の餌がこの屋敷に迷い込んだことを申し添えた。

「それはご苦労に存ずる」

宗念は紫の袱紗《ふくさ》包《づつ》みを差し出した。京四郎が視線を注いだところで、袱紗を開いた。小判で五両ある。陽光を受けた小判の山吹色は目が眩《くら》むほどに眩《まぶ》しい。

「かたじけない」

「この暑いのに、大変ですな」

「なんの御役目でござる。ところで、こちらはどなたさまの御屋敷でございますか」

宗念はもったいぶったように空咳《からせき》をひとつすると、

「上さまの御子息、松平鶴之助《まつだいらつるのすけ》さまでございますぞ」

将軍徳川家斉《いえなり》の息子。

家斉は子だくさんで知られている。宗念は鶴之助の人となりを語った。それによると、鶴之助の母は大奥で女中奉公していた。家斉のお手がつき、宿下がりをしてから身籠ったことを知り、息子を生んだ。それが鶴之助だという。後日、家斉の子という証の葵《あおい》の御紋入りの産着《うぶぎ》を家斉から届けられ、市井に暮らしていたが、今年の春に母親が死に、遺言で家斉の子であることを告げられた。勘定奉行小野寺隠岐守盛雅《もりまさ》が後見人となり、岩淵筋に屋敷を与えられて、家斉との対面に備えているという。

小野寺の配慮で自分は鶴之助に学問を教え、警護の侍たちも幕臣が出向しているそうだ。

「従いまして、やがては然《しか》るべき官位にお就きになり、いずこかの大名家、御三卿、御三家に養子入りなさるかもしれません」

宗念はおごそかに言った。

まさか、一連の殺しはこの鶴之助によって引き起こされたのだろうか。いくらなんでも、将軍の御曹司《おんぞうし》が……。

京太郎のよそよそしい素振り。

あれは、小野寺から鶴之助のことを聞いたからではないのか。それで、腰が引けているのだ。

「ところで、この屋敷でお暮らしになること、鳥見屋敷には届けられましたか」

「いいえ」

宗念はそれがどうしたと言いたげだ。京四郎は何故届け出ないのだという問いかけを目でした。宗念はさらりと言ってのける。

「鷹狩でしばらく滞在するだけですからな。別段、ここに住むわけではない」

「鷹狩は冬に行うものですが」

「別段、よいではござらんか。鷹狩は畏れ多くも神君家康公が御奨励された武士の心得。

時節に関《かか》わりなく行ってもよいではないかな」

「左様《さよう》でございますか。鷹狩を行われる際には一言お報《しら》せください」

京四郎は屋敷内を見回した。

広い庭。小判型の池の畔《ほとり》には回遊式の庭が造作され、松の緑が青空に映えている。檜《ひのき》造りの御殿はいかめしさよりも柔らかさを感じさせた。警護の侍たちが数人、庭を固めている。その中に、

――あやつ――

ひときわ背の高い男がいた。

紺の単衣に仙台平《せんだいひら》の袴。襷《たすき》がけにし、鉢金《はちがね》を額に巻いたその男は、昨晩、お民をさらおうとした侍に違いない。

京四郎の視線に気がついた宗念が、

「いかがされた」

と、気になる様子で問いかけてきた。

「あのご仁《じん》……」

「市岡《いちおか》殿がどうかされたか」

「市岡殿と申されますか。いえ、さぞや武芸に長《た》けたお方と拝見しましたので、つい、目

が釘付けとなったのです」

「市岡弥一郎《やいちろう》、徒目付《かちめつけ》ですが、今は鶴之助さま付となっております」

宗念は言った。

一瞬、市岡と目が合った。京四郎は素早く踵を返すと、屋敷から出て行った。

すぐに鳥見屋敷へと向かった。

二

「兄上」

いつもながら急ぎ足で鳥見屋敷の木戸門を潜る。居間で京太郎が数人の百姓の訪問を受けていた。漏れ聞こえてくる話の内容はどこそこの橋の普請《ふしん》であるとか、屋根を直したいとかの陳情だ。将軍の鷹場である岩淵筋内にあることから、たとえ自宅であろうと勝手に修繕することは許されない。一々、鳥見役に報告し、許可を得なければならなかった。京太郎は熱心に耳を傾けている。

陳情の腰を折るわけにはいかない。村人の訴えは切実なものであり、暮らしがかかっているのだ。

京太郎もめんどくさがらず真摯《しんし》に耳を傾けていた。さすがに、こうした時の京太郎はてきぱきとし、要点を摑んで的を射た問いかけをし、適切な指示を与える。決して、拙速には対応せず、かといって、のらりくらりということでもなく陳情と向かい合っていた。

一通り陳情が終わると、恵美が西瓜《すいか》を切ってきた。

「みなさん、ご苦労さまです」

恵美に西瓜を振る舞われ庄屋たちの顔から笑みがこぼれた。重右衛門はお夕の死から立ち直れていないのか、下手人と疑われたことに気を悪くしているのか、姿を見せていなかった。

「遠慮致さず、食べよ」

京太郎も気さくに声をかける。恵美は京四郎にも勧めてくれた。喉《のど》がからからである。冷えた西瓜はまことにありがたいもので、波立った心が平らかになってくる。

庄屋の一人が、

「物騒な殺し、下手人をなんとかしてください。でないと、村人たち、特に若い娘を持った親たちは気が気ではございません」

という声を上げた。

「そうじゃのう」

京太郎は生返事だ。

「諏訪さま、わしら、娘のある者にとっては難儀なことこの上ございません」

気のない京太郎へ訴えを畳みかけるのは当然のことだ。

「ちゃんと探索をしておる。のう、京四郎」

京太郎は追及を逃れるように京四郎に振ってきた。庄屋たちの熱い視線を受けながら、

「安心してくれ、必ず下手人を挙げる」

そう言ってから恨めし気な目を京太郎に向ける。京太郎は涼しい顔で横を向いた。

——この狸《たぬき》め——

内心で毒づく。

「そういやあ、雑木林の向こうの御屋敷。ずいぶんとご立派な庭だそうですわ」

庄屋の一人が言った。

「別嬪《べっぴん》もたくさんいるとか」

夜中に通りかかると、篝火《かがりび》が煌々《こうこう》と焚《た》かれ、盛大な宴《うたげ》が催されているという。

「どなたさまですか」

「今、問い合わせておるところじゃ」

京太郎は表情一つ変えずに答えた。

庄屋たちは西瓜を食べ終えると、屋敷を去った。ぽかんとなった居間で京四郎は京太郎と向かい合った。

「松平鶴之助さまの御屋敷ですな」

いきなりそう言った。京太郎は眉をぴくりと動かしてから、

「探ったのか」

京四郎は宗念から貰《もら》った五両を差し出し、訪問の経緯《けいい》を語った。京太郎は怒ると思いきや穏《おだ》やかな口ぶりで、

「おまえなら、そうすると思った」

「今回のこと、鶴之助さまの所業と思います」

「そうかもしれぬ」

「公方《くぼう》さまの御曹司だから見過ごしにされるのですか」

「そういうわけではない」

「ではいかがするのですか。放っておかれては、今後、犠牲者が絶えることはありませんぞ」

「わかっておる」

「では、どうなさるのですか」

「小野寺さまが対応なさる。今日の晩にも鶴之助さまの御屋敷に行き、鶴之助さまを諭《さと》される。小野寺さまは鶴之助さまの後見人であられるのだ。お任せするのが当たり前であろう」

「諭すとはいかに。最早、諭している場合ではございません。いくら、公方さまの御曹司とはいえ、罪もない者を殺《あや》めれば、その罪を償うのは当然でございます……」

「その通りだ」

「ならば、鶴之助さまの罪を明らかにすべきではございませんか」

京四郎は半身を乗り出す。

「だからそれは小野寺さまが……」

「兄上はどうなさるのですか」

いささか興奮気味に言ったものだから、襖《ふすま》が開き、勇太郎が小首を傾《かし》げている。すぐに恵美が勇太郎を奥へと連れて行く。

「父上と叔父上、喧嘩《けんか》をなさっているのですか」

勇太郎の声が聞こえた。

「そんなことはありません。御役目の大事な話なのですよ」

恵美が取り成す。

それを聞きながら、

「ともかく、小野寺さまが出張《でば》られるのだ。ここはお任せするのが順当」

京太郎はあくまで主張を譲らない。これ以上、問い質《ただ》しても意地を張り続けるだけだろう。

「わかりました。ところで、知恩院で修行した宗念という僧侶が鶴之助さまの御《お》側《そば》近く侍《はべ》っておるようですが、一体、何者かご存知ですか」

「さて」

と、首を捻った京太郎は恍《とぼ》けているようではない。本当に知らないようだった。いずれにしても不穏な者たちである。

「このまま指を咥えておる気はございません」

「どうする気だ」

京太郎の口調は棘《とげ》があるものの、否定するようなことはなかった。

ここで、

「勇太郎」

と、大きな声で呼ばわった。襖が開き勇太郎の笑顔が現れた。

「相撲を取るぞ」

勇太郎の返事を待つことなく庭に下り立った。勇太郎も勇んでやって来た。強い日差しに焦がされながら勇太郎と相撲を取った。汗にまみれたが、苦ではない。むしろ、爽やかであった。

ひとまず弁天屋へと寄った。お民は気丈にも今日も店に出ている。調理場に入りお蔦に無言の問いかけをする、お蔦は京四郎の言葉を無言の批難だと受け取ったのか、

「休むように言ったんだけど、聞かないんだよ」

と、店の中を見る。お民は店内で笑顔を振り撒《ま》きながら接客をしている。その気丈さには胸を打たれる。

「もっとも、ああして客と接していた方が気が紛《まぎ》れるかもしれません」

「わたしもそう思ってね、強くは引き止めなかったんだけど」

「考えてみれば、店で客と接していれば、身は安全なのかもしれぬ」

「わたしもそう思うんだ」

二人の意見が一致したところで、団九郎と為左衛門がやって来た。二人ともお民の身を案じているようだ。京四郎は二人には会わず、お蔦に握り飯を作ってもらった。竹の皮に包んでもらい、懐に入れると裏口から店を出た。

「いざ」

ここで気を引き締める。

京四郎は鶴之助の屋敷へとやって来た。

庄屋たちが話していたように、庭には篝火が焚かれ、賑《にぎ》やかな声がする。見越しの松に取りすがり、庭に下り立つと植え込みに身を潜めて様子を窺った。御殿の大広間で宴席が設けられていた。真ん中に若い男が座している、値の張りそうな絹の着物に身を包み、青白い顔をした歳《とし》の頃二十歳《はたち》前後の若者である。両目が吊《つ》り上がり、冷酷そうな薄い唇が目についた。

あれが将軍御曹司松平鶴之助か。

鶴之助は左右に女を侍らせ、金の大杯で酒を飲んでいた。下座《しもざ》には宗念がいる。庭には市岡をはじめ、警護の侍が巡回をしていた。

「市岡、近《ちこ》う」

鶴之助が呼ばわった。

市岡は濡れ縁《えん》の階《きざはし》の下で片膝《かたひざ》をついた。

「昨晩の娘、取り逃がした女じゃ。はよう、連れてまいれ」

「ははっ」

市岡は野太い声を出した。

やはり、お民を襲ったのは市岡、そしてそれは鶴之助の命令であった。ということは、お夕、お鈴、お銀を惨殺し、口封じに仁平を殺させたのも鶴之助ということだ。

宗念が、

「今晩はまずかろうと思います。後見人勘定奉行小野寺隠岐守殿がまいられるのですからな」

「ふん、金を運んでまいるのであろう。勘定奉行ごとき、一々、気にすることはない」

鶴之助はいかにも強気一辺倒である。この一言で鶴之助の人となりがわかる。将軍の御《ご》落胤《らくいん》を鼻にかけ、やりたい放題のことをして当然と思っているのだ。

「なりません」

宗念は強く言った。

「余に指図《さしず》する気か」

鶴之助は酔眼を宗念に向けた。

「しかるべく、公方さまから御子息であることを認知されるまでは、慎重に過ごされるのがよろしいかと」

「詰まらん。退屈じゃ。高々、村娘、手にかけたとて何ほどのことがあろう」

鶴之助は舌打ちをした。

狂っている。

京四郎の胸には篝火のような炎が立ち上った。

三

しばらくして、長屋門が騒がしくなった。

「お出《い》でのようですぞ」

侍らせている女に抱きついている鶴之助に宗念が声をかけた。鶴之助は不貞腐《ふてくさ》れたように女から身を離す。宗念が女たちに下がるよう言ったが、

「かまわん」

鶴之助は厳しい声で命じた。女たちはびくんと身を震わせ座り続けた。宗念は苦い顔をしたものの、やがて、足音が近づくと表情は平静を保った。

「失礼致します」

大広間の濡れ縁に裃に身を包んだ小野寺が侍った。歳の頃、四十の働き盛り。背筋がす

らりとし、引き締まった表情のいかにも仕事が出来そうな男だった。

「小野寺殿、よくぞお越しくださいました」

宗念が声をかける。同時に、

「大儀。さあ、ここへ持ってまいれ」

早速《さっそく》金を要求する鶴之助である。小野寺の表情に苦笑が浮かんだのは、鶴之助が女たちを取り巻かせていることへの不快感であろう。小野寺はそれでもそのことを口に出すことはなく腰を上げる。鶴之助の御前まで侍り頭を下げると恭《うやうや》しく紫の袱紗包みを差し出した。

鶴之助は舌なめずりをしてから開けた。が、すぐに不快感に顔をしかめる。

「なんじゃこれは」

露骨に不愉快な声を発した。

「金五十両でございます」

当然の如《ごと》く小野寺は答えた。

「余が命じたのは五百両であるぞ。勘定奉行のそなたが勘定間違いをしたのか」

怒りのため、語調が乱れている。

「いいえ、勘定間違いではございません」

「これで、夏場を凌《しの》げと申すか」

「質素倹約を以《も》ってすればまずは凌ぐことができると存じます」

小野寺は平然と返した。

「無礼者！」

鶴之助は甲走《かんばし》った声を発すると同時に立ち上がった。女たちは恐れ、顔を伏せている。

小野寺は鶴之助を見上げ、

「暮らしぶりを慎まれたなら、五十両は十分な金でございます」

「余の暮らしは間違っておると申すか」

「近頃、漏れ聞きますご評判、必ずしもよいものばかりではございませんな」

と、ここで宗念を見た。宗念は一向に動ずることなく、

「お言葉ですが、鶴之助さまにあらせられては、日夜、学問と武芸の鍛錬を怠ることなくお過ごしにございます」

「宗念殿の御指導であれば、よもや間違いはなかろうと思いますが、この有様《ありさま》を見ますと」

小野寺は女たちに視線を向けた。

鶴之助が言葉を詰まらせたところで、

「これは、小野寺殿を歓待致そうとの鶴之助さまのお気遣いでございますぞ」

宗念が強い口調で返すと、それに応ずるように、

「いかにも。そうじゃ、小野寺に杯《さかずき》を取らせよ」

鶴之助は命じ、女の一人が小野寺に杯を持って行った。ところが、

「無用でございます」

小野寺はにべもなく断った。将軍の御曹司に媚《こ》びることのない毅然《きぜん》とした態度は好感を抱《いだ》かせた。

「余の酒が飲めぬと申すか」

鶴之助の両目が益々《ますます》吊り上がった。

「役目中にございます」

「おのれ」

鶴之助は大杯を投げつけようとした。それを宗念がいなすように腰を浮かして制すると、

「ところで、上さまへの拝謁《はいえつ》、いつになりますかな」

と、張り詰めた空気を和ませようというのか、努めて落ち着いた表情になった。

「それは、今、整えております」

「このところ、ずっとその返事でございますな」

「なにせ、上さまは非常に多忙にございます」

すると鶴之助がまたも勇み、

「将軍は余の父じゃぞ。父に会うことがそんなにも難しいのか」

「いかに親子であろうと、上さまは天下を統《す》べるお方、私用を公用に優先させることはできません」

ここは引けないとばかりに小野寺は胸を張った。鶴之助は歯嚙みをする。

「小野寺殿、申されることもっともなれど、鶴之助さまは公方さまとの御対面を一日千秋の思いで待ちわびておられるのです」

宗念の言葉の裏には、一日も早く家斉の息子であることを認知してもらいたい、という思いが込められているのは疑いない。

「それはわかっております」

「わかっておるのなら早《はよ》うせい！」

鶴之助は不満を爆発させた。

「小野寺殿、鶴之助さまの願い当然と存じますぞ」

ここぞとばかりに宗念も言い立てる。

「わかっており申す」

小野寺は立ち上がった。

「今月中じゃ。今月中に整えよ」

鶴之助は言った。

それには小野寺は返事をしない。

「それと、明日、あと五十両を届けよ。そなたが来ることはない。誰でもいいから五十両を届けよ。これは命令じゃ」

鶴之助は有無《うむ》を言わせない口調ながら、小野寺は返事をしない。

「届けぬとあれば、余は何をしでかすかわからんぞ」

脅しに近いことを言う。

「では、これで」

小野寺はそれを無視して腰を上げると踵を返した。濡れ縁に小野寺の姿があるというのに、

「まったく、鼻もちならぬ男じゃ」

鶴之助は吐き捨てた。

「まあ、ここは落ち着かれよ」

宗念は蒔絵《まきえ》銚子《ちょうし》を手に鶴之助の御前に膝行《しっこう》した。

「我慢ならん」

「ですが、御公儀は御前の行状に探りを入れております」

「なんだと」

鶴之助が目を尖らせた。

「先ほども申しましたが、昼間、鳥見役がまいりました」

「ふん、鳥見役ごとき、何するものぞ」

「確かに、そうも申せますが、用心に越したことはございません。昨晩、市岡殿の邪魔立てをしたのも、ひょっとしたら御公儀の手の者かもしれません」

宗念は視線を凝らす。

「公儀の犬。小野寺の手の者か」

「わかりませんが、しばらくは様子を見ることが必要なのでは、と」

「弱気になるな」

鶴之助は一笑に付そうとしたが、

「慎重にということでございます。何も、自ら墓穴を掘ることはないのです」

宗念は市岡に視線を預ける。鶴之助も市岡を呼び寄せ、

「昨晩、邪魔立てした男。腕はどの程度であった」

「刃《やいば》を交えたわけではございませんので、しかとは申せませんが、動き俊敏にして無駄がなく、なかなかの腕と拝察致しました」

市岡は冷静に返した。

「それほどの腕の者が公儀の犬となりますと、いささか厄介《やっかい》でございますぞ」

宗念はなだめすかすような物言いとなった。

「ふん」

鶴之助の顔は妖《あや》しく篝火に揺らめいた。

「まずは、探ります」

宗念が言う。

「おまえの配下の根来者《ねごろもの》を動かせば、隠密なんぞ、いともたやすく退けられるだろう」

「お任せください」

そうか、この男、根来の忍びを操るのか。怪しげな男とは思っていたが忍びとは。松平鶴之助、このまま放置しておくことはできない。思わず身体中に力が入ってしまう。

と、ここで、

――チリンチリン――

という音が聞こえた。

しまった。と思った時は遅かった。植え込みに備えられてあった鈴が鳴った。すぐに、

「曲者《くせもの》じゃ、出会え」

市岡が警護の侍を動員した。宗念も、

「逃がすな」

と、大きな声で呼ばわる。

京四郎は植え込みから飛び出す。篝火の及んでいない闇に身を飛び込ませ、そこから松の木に取りつく。鋭い風を切る音が耳元で聞こえた。手裏剣のようだ。築地塀の瓦に取りつき、外に下り立つ。長屋門が開き、侍たちが殺到して来た。

懐中に右手を忍ばせ、それから餅を摑むと先頭の男目がけて投げつけた。不意をつかれ、暗闇から飛んで来た餅を避《よ》けることはできず、侍は顔面を手で押さえながらうずくまった。

すると、その真後ろから走って来た二人ももんどり打って転がった。

その隙に京四郎は駆け出す。雑木林の中に身を入れた。と、次の瞬間には頭上から手裏剣が飛んでくる。

咄嗟《とっさ》に身をかわす。

手裏剣が樹幹に突き刺さる。草むらには撒《ま》き菱《びし》もあるようだ。じっと、息を殺していると、多くの提灯《ちょうちん》が揺らめいている。提灯は駕籠《かご》の周りにあった。

どうやら、鶴之助屋敷を引き上げる小野寺の一行のようだ。京四郎は足音を忍ばせながら小野寺の駕籠の後尾についた。

四

追っ手はかからない。

危機は脱したようだ。そっと、一行から身を離す。小野寺の行方を見定めていると江戸市中ではなく、装束榎を北へと向かう。ひょっとして一行は京太郎の屋敷へと向かうのではないか。いや、きっと、そうだ。おそらくは今の訪問のことを話しに行くのであろう。

それなら、いっそのこと自分も同席しよう。それがいい。

京四郎は距離を置き、小野寺一行について行った。


鳥見役組屋敷についた。長屋門に駕籠が横づけにされている。京四郎は長屋門を潜った。母屋の居間で小野寺と京太郎が対面している。すぐに京太郎は京四郎に気がついた。

「兄上、こんばんは」

わざと惚《とぼ》けた調子で声をかける。京太郎は顔をしかめたがすぐに、

「弟でございます」

と、小野寺に言った。小野寺は目を細めていたが軽くうなずくと会釈《えしゃく》を送ってきた。

「失礼致します」

京四郎が同席しようとするのを京太郎は遠慮するように目配せをしたが、

「かまわん。京四郎がおるほうが話が早い」

京四郎は居間の隅に控えた。

「おまえにお役目だ」

京太郎の言い方はいつものようにぶっきらぼうである。

「鶴之助さまのことでございましょうか」

「察しがいいな」

「実は今、鶴之助さまの御屋敷に潜んでおりました」

「勝手な真似《まね》をしおって」

京太郎はいきり立ったが、それは多分に小野寺の手前を意識したものである。

「まあよい。それなら、話は省略できるというものだ。そうじゃ、察しの通り、鶴之助さまには手を焼いておる。おまえも存じておる通り、このところ、鶴之助さまの行状、目に余るどころではない」

具体的には話さなかったが、それがこのところ起きている殺しであることを指すのは間違いない。

「いかにもひどいものです」

京四郎はさっと賛同する。

「ところが、表立っては手出しできぬ」

「公方さまの御落胤ゆえですか」

言葉を慎めと京太郎が京四郎を見る。

「そういうことだ」

小野寺は平然と答えた。

「では、どのようになさるのですか」

かまわず問う。

「死んでいただく」

小野寺は言った。

さすがにこの直截《ちょくせつ》な物言いにはいささかの驚きを禁じ得ない。

「もちろん、秘《ひそ》かにじゃ」

小野寺は一転して声を潜めた。京太郎は表情を消している。

「聞けば、おまえ、これまでに裏御用で中々の手柄を立ててきたとのこと」

「いささかですが」

「屋敷内を探ったのならば、わかったと思うが、鶴之助さまの周辺は宗念が率いる根来者が固め、市岡という男は剣客《けんかく》をもって知られておる。宗念は鶴之助さまに取り入り、根来組の地位向上を狙っている。鶴之助さまを仕留めるには相当の腕のある者でないとできぬものじゃ」

京太郎が、

「小野寺さまはおまえの腕を高く買っておられるのだ」

「恐縮でございます」

「よき面構《つらがま》えじゃ」

小野寺は頼りにしておると言い添えた。

「では、わたしに鶴之助さまを暗殺せよと命じられるのですね」

「いかにも」

小野寺は平然と返した。

「それは、御公儀のご意向ですか」

京四郎は詰め寄る。京太郎が、

「これ、めったなことを申すでない」

厳しい目を向けてくる。しかし、京四郎にすればここが肝心なところである。やらせるだけやらせて、あとは知らぬ、では、二階に上がって梯子《はしご》を外されるようなものだ。認知はされていないとはいえ、将軍の血を引く男の命を奪うのだ。軽々にできることではない。

小野寺が、

「幕閣においても、鶴之助さまの処遇に関しては頭が痛いところだ」

「御老中《ごろうじゅう》、たとえば水野越前守《みずのえちぜんのかみ》さまもご承知のことでございますか」

「むろんのこと」

小野寺はこくりとうなずく。それから言葉足らずと思ったのか心持ち身を乗り出して、

「鶴之助さまの行状、表沙汰《おもてざた》になれば由々《ゆゆ》しきことじゃ。上さまのお名にも傷がつく。また、上さまの御子息、姫さま方の養子入りにも影響する。そのことが、今後の政《まつりごと》にどれほどの影響をするであろうか。それなら、禍《わざわい》は早めに摘み取っておかねばなるまい」

「よくぞ、御決意なさいました」

すかさず京太郎が追従《ついしょう》を言う。京四郎は鼻白みそうになるのをどうにか堪《こら》え、口を閉ざした。

小野寺は思い出したように、

「そうじゃ。今回の褒美であるが、無事成就したなら、三百両じゃ」

「三百両……」

はしたないと思いつつも声を上げてしまった。声にこそ出さないが、京太郎が唾《つば》を呑み込む音が聞こえた。

「いかにも」

小野寺は重ねて言う。

「まこと、法外な褒美でございますな」

京四郎は努めて冷静になろうとした。

「それだけ、重要な役目ということじゃ。よいか、くれぐれも慎重を期せ。しくじることは許されんぞ」

「承知しております」

「万が一、しくじったなら。たとえば、おまえが捕まったら……」

小野寺はじっと京四郎の目を見た。全《すべ》ての責任をおまえが呑み込めと言っているのだろう。

「承知しました」

これは隠密活動の基本とも言えることだ。最早、逃れられない時には自分の命を絶つ。

それしかない世界なのだ。

「小野寺さま、この男、よもや、隠密の心得を間違うようなことはしません」

京太郎が強く言う。

「よし、では、しかとな」

小野寺はそれだけ言うと、支度金だと金十両をくれた。

「では、これにて」

小野寺は腰を上げると急ぎ足で立ち去った。京太郎は木戸門まで小野寺を見送ってから居間に戻って来た。

「三百両とは法外な褒美でございます」

京四郎は言った。

「ふん、金に目が眩《くら》みおって」

京太郎は吐き捨てたが、京太郎自身が気もそぞろになっているのは落ち着きのなさでわかった。

「確かに金に目が眩んだことは確かです。ですが、松平鶴之助さまに鉄槌《てつつい》を下さねばならないと決意したことも確か。兄上とて、このまま岩淵筋で狼藉《ろうぜき》を繰り返されたのでは、放っておけぬでしょう」

「それはそうだ」

京太郎は苦虫を嚙んだような顔をした。

「それにしましても、小野寺隠岐守さまというお方。中々、胆が据わったお方ですね」

京四郎は鶴之助屋敷で見た、小野寺の毅然とした応対ぶりを披露した。

「いかにも。切れ者で通っておるからな。書院番、目付、長崎奉行を経てこの春に勘定奉行となられた。いずれは、町奉行に御成りになるだろう」

まさしく、旗本の出世の階段を着実に上っているということだ。

「できるお方ということですか」

「水野さまのご信頼も厚いとか」

「さもありなんですな」

京四郎は大きく欠伸《あくび》をした。それを不遜《ふそん》なものでも見るような目で見ると、

「おまえ、しくじるなよ」

「お任せください」

「何か策はあるのか」

さすがに京太郎は心配そうだ。

「さてそうですな」

腕組みをしたがすぐには妙案は浮かばない。結局のところ、闇に紛れて屋敷に潜入し、隙をついて仕留めるということになるだろう。

「なんだ、無策か」

京太郎は馬鹿にしきっている。

「では、兄上、お知恵を拝借させてください」

「自分で考えろ。裏御用はおまえの得意とする役目ではないか」

京太郎の突き放したような物言いはいつものことながら、その方がありがたいとも言える。この神経質な男が鶴之助暗殺の指図をしたなら、どれだけ、口うるさく介入してくることだろう。それを思えば、自分の裁量でやる方がいいのだ。

「では、兄上、吉報をお待ちください」

京四郎は腰を上げた。

「頼むぞ」

珍しく京太郎がねぎらいの言葉をかけた。

五

あくる十日の昼、京四郎はどうしたものかと思案をするために飛鳥山へと出かけた。当然のこと、団九郎と為左衛門が大道芸を披露している。炎天下、必死で奮戦し、日銭を稼いでいた。それを横目に水茶屋で休もうと思った。もちろん、仁平とお夕の水茶屋ではない。

別の水茶屋で休もうとしたところで、身を屈《かが》めている女、染衣《ぜんえ》に真っ白な頭巾《ずきん》を被った比丘尼《びくに》がいる。

「いかがされた」

つい、声をかけた。

「大丈夫です」

と、振り返った顔に息を呑んだ。抜けるような白い肌、鼻筋が通り、唇はぽってりとしていて、とても出家した女とは思えない色香を漂わせていた。はっとした京四郎に向かって比丘尼は笑顔を見せたが、じきに眉間に皺《しわ》を刻んだ。

「いかんな」

「ちょっと、休めば楽になりますから」

比丘尼は言う。

「では、そこで休みますか」

「御親切に。でも、もう、大丈夫ですから」

比丘尼は遠慮がちであったが、この炎天下、歩きづめだったのだろう。すっかり消耗しているようだ。京四郎は比丘尼を目についた水茶屋へと連れて行き、冷たい麦湯を飲ませた。麦湯を物も言わずに飲み干したところで、比丘尼の表情にようやくのこと明るさが感じられた。

「御親切にありがとうございます」

「お腹は大丈夫ですか。何か腹に入れたほうがよい」

比丘尼は、ではお言葉に甘えてと京四郎の厚意を受け入れた。京四郎は心太《ところてん》と握り飯を頼んだ。

比丘尼は旺盛《おうせい》な食欲を示した。一段落したところで、京都の法華寺《ほっけじ》からやって来た慈英《じえい》尼《に》と名乗った。元は公家《くげ》の娘であったという。なるほど、そう言われれば、やんごとなき血筋が感じられる。

「公家と申しましても、我が家は下級の公家。暮らしぶりは、それはもう楽ではございません。ですから、娘とても、仏門にでも入らなければ生きてはいけないのです」

慈英尼は何処か悟った趣《おもむき》である。きっと、自分の運命を受け入れているのだろう。もっとも、そういう心境になるまでにはずいぶんと葛藤《かっとう》があったに違いない。

「今はお武家さまの世の中です」

慈英尼は言った。

「これから何処へ行かれるおつもりか」

「あてはございません。鎌倉《かまくら》の東慶寺《とうけいじ》を目指してやってまいりました。それが、江戸見物をしようとここまで足を延ばしたのです。飛鳥山という風光明媚《ふうこうめいび》な名所があると聞いたものですから」

「それは、それは遠路ご苦労ですな」

「ですが、来た甲斐《かい》があったというものです。まこと、飛鳥山からの眺めは絶景にございます」

「ですが、女の一人旅はいかにも物騒でございますぞ」

「女を捨てた尼になど、目を向ける男衆などはおりませぬ」

「そんなことはない」

反射的に言ってしまった。実際、慈英尼は世を捨てたとは思えない妖艶《ようえん》さを漂わせている。嫌でも男の目を引かずにはいられないだろう。

「大丈夫でございます」

慈英尼はこの時、笑顔の中に誘うような眼差《まなざ》しを向けてきた。背筋がぞくっとなった。慈英尼なまじ比丘尼の格好をしているだけに、その妖艶さが際立っていると言っていい。慈英尼はそれだけではなく右手を伸ばし、そっと、京四郎の手を握ると、自分の胸へと導く。そして、

「お慈悲を」

と、囁《ささや》くように言った。

「いや、それは」

あわてて京四郎は手を引っ込めた。慈英尼はくすりと笑い、

「出合茶屋にでもまいりましょう。飛鳥山の麓にあるのではございませんか」

「いや、断る」

「まあ、お武家さま、ご体面を考えていらっしゃるのですね」

「そんなことはない」

むっとして返す。

これには慈英尼も驚いたようで、

「何をそんなに怒っていらっしゃるのですか」

まるで理解できないとでも言いたげだ。

「そなた、出家の身であろう」

「そうですけど」

慈英尼はぽかんとした。京四郎が腰を上げたところで、

「何か間違ったことをしておりますか」

慈英尼は開き直ったように聞いてきた。

「間違いと申せば間違い。そうでないと申せばそうでない」

曖昧《あいまい》な答えをしたのは、この時代、比丘尼は遊女の別称でもあるように、比丘尼が春をひさぐことは珍しくはなかった。だが、慈英尼までがそうだとは意外な気持ちである。

慈英尼の気品、公家の娘ということがそんな思いを抱かせているのかもしれない。もっとも、その身の上話というのは至極疑わしいものだが。

「助けると思ってお願いします」

慈英尼はぺこりと頭を下げた。

「いや、断る」

「おや、身持ちが堅いこと。よっぽど、奥さま孝行でいらっしゃるのですか」

慈英尼は蔑《さげす》むようだ。

「そうではない。だが、そうしたことは好かぬ」

「淫売はお嫌いですか」

ふと、鶴之助のことが思い出された。

「やめておく。金に困っておるのなら、受け取るがいい」

京四郎は一両を渡した。慈英尼は苦笑しながらもそれを受け取った。

「ありがたく頂きます」

「ふむ、では、達者でな」

京四郎は腰を上げた。

それからふと、

「ところで、飛鳥山、早々に立ち去るがいいぞ」

「どうしてですか。ここは、眺めもいいですし、もう少しいようと思っているんですけど」

「いや、よしたほうがいい。おまえはここに来たばかりで知らぬかもしれぬが、この辺りは物騒だ」

「ああ、娘を絞め殺して、お乳を切り取ってしまうという。瓦版で見ました」

「まさしくそれだ」

「怖くないです。なんでも、胸の血文字で淫売って書かれるそうですね。でも平気でございます」

慈英尼の頭の中はどうなっているのだろう。

「馬鹿なことを申していないで、そんな目に遭う前に早々に帰れ。よいか、忠告をしておくぞ」

京四郎は幾分かきつめに言い置くと縁台から腰を上げた。

「お武家さまもお健《すこ》やかで」

慈英尼はにこやかに挨拶をしてきた。

やれやれ、とんだ女と関わったものである。だが、いくら、遊女とはいえ気になるものだ。今、岩淵筋は絞殺魔を恐れ、娘の出歩きが自粛されている。きっと、絞殺魔、すなわち、鶴之助は飢えているにちがいない。そこへ、慈英尼が現れたら。

格好の餌食《えじき》だ。

無理にでも立ち去らせようか。

やはり気になって仕方がない。京四郎は水茶屋に戻った。

しかし、慈英尼の姿はない。既《すで》に立ち去った後だった。

岩淵筋を出て行ってくれ。
そう、切に願った。
だが、京四郎を嘲笑うかのように蟬しぐれが降り注いだ。

第三章　競い合い

一

京四郎は飛鳥山を下り、慈英尼を探した。しかし、その姿はない。すると、恵美が歩いて来る。日傘を差し、おっとりとして歩いて来るが、その顔からはいかにも急いでいる風《ふ》情《ぜい》が漂っていた。

「よかった」

京四郎の顔を見て恵美が言ったことはまずこれだった。その一言で京四郎のことを探していたことがわかる。

「いかがされましたか」

「主人がすぐに鳥見屋敷に来てくださいと」

すぐというわりには恵美はのんびりとした口調だ。なんともいえない安心感というものがある。

「わかりました」

慈英尼のことが気になったが、ひとまず鳥見屋敷に向かうことにした。あれほど忠告をしたのだ。それで、襲われたら自業自得。寝覚めが悪いことにはなろうが、致し方ない。

京四郎は恵美と一緒に屋敷に向かおうとしたが、

「先に行ってください」

と、恵美が言ったのは、男と二人連れで往来を歩くことを憚《はばか》ってというよりは、京太郎の用件がよほど急なのだろう。

「では」

軽く頭を下げ、単衣の裾《すそ》を捲り帯に挟むと一目散に走った。

鳥見屋敷に着いた。

駕籠が着けられている。来客のようだ。開け放たれた居間には宗念のつややかな頭が陽光を弾いていた。すぐに宗念は京四郎に気がついた。まさか、昨夜潜入したことを気づかれたのかとどきりとした。だが、宗念はきわめて穏やかに、

「昨日はどうも」

と、挨拶をしてきた。京四郎も挨拶を返してから居間に上がる。

「いや、なに、本日は鳥見役の諏訪京太郎殿に御挨拶に参ったまで。松平鶴之助さま、しばらく当地に滞在すること、まだ、諏訪殿に申しておりませんでしたからな」

「それは、御叮嚀《ごていねい》に痛み入ります」

京太郎も慇懃《いんぎん》に返す。

「なんの。鶴之助さまはまことこの辺りを気に入っておられる」

「それはなにより。どうか、心行くまでご滞在なさるよう言上《ごんじょう》くだされ」

京太郎は白々しいことを平然と言う。

「かたじけなく存ずる」

「本来ならば、わたしからご挨拶に赴《おもむ》かねばならぬところでございます」

「お気遣いは御無用です」

宗念が鷹揚《おうよう》に返したところで京四郎が、

「鶴之助さまはいつまでご滞在でございますか」

「今月末には上さまとのご対面がございますのでな、それまでということになりましょう」

「では、どうかごゆるりと」

京太郎はこれ以上はないと言う程の笑みを広げた。

「では、一つお願いがあります」

「何なりと」

京太郎は返したが、その目は警戒心に満ち溢《あふ》れている。

「鶴之助さまにおかれましては、岩淵筋の百姓どもと交わることを望んでおられます。民と接し、じかにその声を聞き、上さまの御子息として、いずこの大名家にご養子入りなさる、来《きた》るべき日に備えておられるのです」

「まことにもって見上げたお心がけでございますな」

京太郎といったら、こんなにも自分の気持ちが偽れるものかと思えるような感心ぶりである。宗念は我が意を得たりとうなずく。

鶴之助、何を考えているのだ。どうせ、よからぬことに違いない。あの男にそんな殊勝な心がけなどあるはずがないのだ。

「飛鳥山で夏祭りを催したい。ついては、百姓どもも楽しんでもらいたい、と仰《おお》せなのです」

宗念は言った。

京太郎は探るような上目使いになった。

「櫓《やぐら》を組み、提灯でにぎにぎしく照らし、老若男女問わず、踊りを楽しむのでござる。

むろん、酒肴《しゅこう》もふんだんに用意しますぞ」

宗念は目を輝かせた。

「なるほど、しかし」

京太郎は難色を示した。

「どうかお願い申し上げる」

宗念に頭を下げられ京太郎はいささか動揺をしめしたがそれでも、

「飛鳥山での催しとなりますと、わたしの一存では決しかねますので、幕閣へのお伺いが必要となりますが……」

遠慮がちに京太郎は返した。

「それなら、御懸念無用ですぞ。既に幕閣、わけても御老中方にはお伺いを立て、了承をしてもらっておりますからな」

「そうなのですか……」

京太郎は拍子抜けしたようだ。

「ですから、あとは諏訪殿、しっかりと飛鳥山周辺を目配りしてくだされ」

宗念は京太郎から京四郎に視線を移してきた。京四郎は威儀を正した。

「貴殿のようなご仁がおられれば、飛鳥山も平穏でしょうな」

「わたしごとき、何の役にも立たぬ者でございます」

宗念はうなずき、それから京太郎に向かって、

「ついては、諏訪殿。まこと無粋なことながら、多少、ご融通願いたい」

「金子《きんす》でございますか」

京太郎は宗念から目を逸《そ》らした。京四郎が、

「多少と申されるといかほどですか」

「それは、まあ、五十両ほど」

宗念はいかにもけろりとした物言いだ。昨日、小野寺が持参した五十両では不足であるということなのだろう。

「なに、ほんの一時《いっとき》のことです。鶴之助さまが然るべく遇されれば、五十両は百両にもなって戻って来るのです」

「いかにも勿体《もったい》なき申し出とは存じますが、まことに情けないことに、鳥見役屋敷にはたとえ五十両とても、手元不如意でございます」

京太郎の額には汗が滲んだ。

「そうは申されても……」

宗念にすれば当てが外れたのだろう。途方に暮れたように軽く舌打ちをした。今日、宗

念がやって来たのは金の無心が目的だったに違いない。

「いや、まったくお恥ずかしいことながら」

言い訳をする京太郎の言葉を遮《さえぎ》り、

「ならば、いかほどなら、ご融通願えるのですかな。拙僧とて子供の使いじゃあるまいし、手ぶらで帰るわけにはまいりません。それに……。よいかな、諏訪殿。将軍家御曹司松平鶴之助さまに貸《かし》を作ることになるのですぞ。御自分の将来のことを考えてみなされ」

宗念の頭がてかてかと光った。京太郎は困った顔で黙り込んだ。見かねて、

「畏れながら」

京四郎が身を乗り出した。宗念の顔が向けられる。

「些少《さしょう》でございますが」

京四郎は紙入れから金五両を取り出し、それを懐紙にくるんだ。宗念は失笑を漏らした。いかにもはした金と思っているようだ。それは、宗念からもらった金である。

「かたじけない」

言葉とは裏腹の不満そうな表情を浮かべ宗念は五両を手に取った。

「まこと、恥ずかしきことにございます」

京太郎は恥じ入るように目を伏せた。

「いや、突然の訪問でしたからな。いささか無理じいをしたようでかえって悪うございますな。では、これにて」

宗念は立ち上がった。

「この炎天下、わざわざのお越し痛み入ります」

京太郎は宗念を木戸門まで送って行った。それを見ながら、

「やれやれ」

京四郎は五両を吐き出していささか懐が寂しくなった。京太郎はむっつりとなりながら戻って来た。

「やれやれ、あの贋《にせ》坊主め」

京太郎は渋面を作り盛んにぼやいた。それから宗念がこれから王子権現に挨拶に行くことを言い添える。

「王子権現に金策に行くのでしょうか」

「大方そんなことだろうさ。それにしても、御老中方も飛鳥山での夏祭りなど、よくもご承知になられたものだ」

「鶴之助さまにもいい顔をしておこうというのでしょうか」

京太郎は怒ると思ったが、

「そんなところだろうて」

舌打ちをした。

「夏祭りの前に、役目を果たします」

「そうじゃ。そうすれば、厄介なことにはならん」

京太郎は機嫌を直した。

二

京四郎はその晩になって鶴之助屋敷の近くまで出向いた。鶴之助が企《たくら》む盆踊りにどんな狙いがあるのだろう。おおよそ見当がつく。岩淵筋の村人を呼び、その中から娘を物色しようというのだろう。

——まったく、とんでもない男だ——

京四郎の胸には鶴之助に対する怒りがふつふつと湧いてくる。

雑木林を出たところで、眼前に白いものが過《よ》ぎった。月明かりに照らされたそれはまごうかたなき慈英尼である。まだ、立ち去らなかったようだ。あの後、春をひさいでいたのだろうか。このままでは、鶴之助屋敷から市岡あたりが出向いて来て、さらわれるやもしれない。

「おい」

声を潜ませながら慈英尼の背中を軽くたたいた。慈英尼は動ずることもなく振り返った。

月光に照らされた慈英尼の顔はほの白く艶めいていて、いかにも男を誘うかのようだ。

「まだ、帰っていなかったのか」

「暮らしがありますからね」

「だからと申して命には代えられんぞ」

「わかっています」

「わかっているのなら、さっさと立ち去るのだ」

語調を強める。

「まあ、怖い。お武家さまの方がよっぽど怖いですよ」

「冗談を言っている場合か」

京四郎が言うと、慈英尼はさっと京四郎の手を振り払い、駆け出した。

「待て」

と言っても、待つわけがない。慈英尼の背中は闇に呑まれた。

——仕方ない——

慈英尼を追いかけることにした。慈英尼は知ってか知らずか、鶴之助屋敷へと走って行く。京四郎も後を追う。鶴之助屋敷の長屋門前で慈英尼は立ち止まっていた。慈英尼の前には男がいる。黒覆面で顔を隠しているとはいえ、市岡であることは一目瞭然だ。

——やむを得ん——

京四郎は飛び出そうとした。が、市岡に続いて大勢の侍が慈英尼を取り囲んだ。

「女、屋敷へまいれ」

市岡が言う。

「お金、弾んでくださいますか」

慈英尼の声はうれしげだ。いい商売になりそうだと皮算用をしているのだろう。

「むろんだ」

市岡の返事と同時に、慈英尼を囲む侍の輪が動き始めた。京四郎が手出しをする間もなく、鶴之助屋敷へと入って行った。

——馬鹿女め——

京四郎は歯嚙みをしたが、もう、手遅れだ。慈英尼は鶴之助と褥《しとね》を共にし、首を絞められ乳房を切り取られるだろう。そして、胸には血文字で、「淫売」と書き記される。慈英尼の肌は雪のように白い。真っ白な肌にくっきりと浮かぶ、「淫売」の血文字がまざまざと脳裏に浮かび上がる。

――やむを得ぬ――

京四郎は鶴之助屋敷へと潜入することにした。


庭の植え込みに身を潜ませた。今度は備え付けの鈴に用心する。大広間では鶴之助が慈英尼を横に侍らせ酒を飲んでいた。宗念が、

「王子権現から五十両取ってまいりました」

「五十両か。王子権現といえど、けちなものだな。小野寺からは届けてまいったのか」

鶴之助の声の調子が上がっている。

「いいえ」

宗念は首を横に振った。

「小野寺隠岐守め。ただではおかんぞ」

鶴之助は大杯を呷《あお》った。

「ただ、鳥見役屋敷にて、多少の融通を受けました」

「いくらだ」

「五両です」

「五両……」

鶴之助は激しく舌打ちをした。

「この屋敷を訪ねてまいった諏訪京四郎と言う男がくれました。もっとも、そやつに与えた五両がそっくり戻ってきただけなのですが」

宗念は苦笑を漏らした。

「どいつもこいつも余を誰と思うておる。もう、ここも飽きたわ」

「夏祭りが楽しみでございます」

「そうよ。よき女子《おなご》がおればよいがのう」

鶴之助の顔はだらしなく緩《ゆる》んだ。

「まあ、殿さま」

ここで慈英尼がすねたような声を出した。

「どうした」

鶴之助もでれっとする。

「今宵《こよい》、お情けを賜《たまわ》る女の横で別の女の話などあんまりでございます」

慈英尼は鶴之助の方に身を傾けた。鶴之助は、

「それはいかにも余が悪かった」

鶴之助は慈英尼の酌で酒を飲む。頬を赤らめたところで、

「本日はこれまで」

と、みなに言った。

女たちが大広間を出て行く。慈英尼は鶴之助の側《そば》から離れようとはしない。鶴之助は慈英尼の手を取り立ち上がった。酔いが回ったせいか、足元がふらついた。

「御前」

宗念が呼び止める。

「なんじゃ」

鶴之助は酔眼を向けた。

「今日はご遠慮ください」

宗念は言った。

「なんじゃと」

「畏れながら御公儀の」

ここまで言いかけて慈英尼の存在が気になったのだろう。慈英尼に下がるよう言った。

慈英尼は、

「でも、今から屋敷を追い出されましても困ります。岩淵筋には今評判の絞殺魔が現れる

と聞いております。とてものこと、夜道を歩くことなどできるものではございません」

知らないこととはいえ、その絞殺魔がすぐ隣にいるというのはなんとも皮肉なものであり、恐ろしきことだ。

「その通りよ」

鶴之助は笑みをたたえた。

「いけません」

宗念は言う。

「かまわん。寝所へ行っておれ」

鶴之助の命令で女中が慈英尼を案内して奥へと引っ込んだ。

「殿、今、御公儀の目が厳しゅうございます。しばらくはお慎みになられるべきと存じますが」

宗念は必死の形相となった。

「なに、かまうものか」

「なりません」

宗念の断固とした物言いにさすがに鶴之助も躊躇いの表情を浮かべた。

「わかった。殺しはせん。ただ、閨《ねや》を共にするだけじゃ。それなら構うまい」

「そう申されましても」

「余を疑うか」

鶴之助はいきり立った。こうなると、宗念とても諫めることはできないようだ。

「くれぐれもそのことだけはお守りください」

と、頭を下げるのが精一杯の様子である。

「ならば、今宵はこれまでじゃ」

鶴之助は上機嫌で奥へと向かった。

宗念がため息を漏らすのがわかった。さぞや、鶴之助のこれからの行状について頭を悩ませているに違いない。京四郎は石を拾うと小判型の池に向かって放り投げた。

――ぽちゃん――

真夏の夜の静寂を破るかのような音が響いた。即座に宗念は顔を上げ、大広間から濡れ縁へと飛び出す。市岡が警護の侍を率いて池の方へと向かった。みなの目が池に向いたのを確認し、京四郎は行動を開始した。このままでは慈英尼は鶴之助に殺される。鶴之助は口では絶対に殺さないと言っていたがそんなことはあてにはできない。

色情に溺《おぼ》れ、理性を失った男の自制心に歯止めがかけられるとは思えない。ましてや、鶴之助は狂っているのだ。

きっと、手にかける。

慈英尼を抱き、欲情が高ぶるに従い、細首に手を回す。その姿がまざまざと京四郎の脳裏には浮かんでくる。

そうだ。

慈英尼を助けると同時に鶴之助の息の根を止める。一石二鳥という言葉が、この場合に当てはまるかどうか、釈然としないが、やってみるだけの価値はある。幸い、警護の目も宗念も注意は池に向けられているのだ。

「よし」

己に気合いを入れ、植え込みから出ると御殿の階を上り、大広間を横切る。足音を忍ばせ、廊下を奥へと進んだ。

——どこだ——

じっと、耳をすます。

遠く、市岡たちの声が聞こえる。そして、

「殿さま、来てくださいましたの」

まごうかたなき慈英尼の声は、突き当たりの部屋から聞こえた。掛け行灯《あんどん》の淡い灯《あか》りが夜陰に滲み、玄妙な世界を映し出していた。

三

京四郎は襖に貼り付いて息を潜めた。今すぐに中に入り、鶴之助を仕留めるべきだ。このような機会はもうこの先あるとは限らない。案外と容易に事は成就できそうだ。不謹慎ながら拍子抜けの思いに包まれながらも、気を張り詰めようと大きく深呼吸をしてから襖に手をかけた。

と、

「殿さま」

慈英尼の声がする。思わず手を離す。

「どうした」

焦《じ》らされたことの苛立ちが鶴之助の声音《こわね》からは感じられる。

「すみません。はばかりです」

宥《なだ》めるような声が聞こえたと思うと襖が開いた。

――しまった――

京四郎は身を隠そうかと思ったが、時既に遅し、であるし、慈英尼になら見つかってもかまわないだろうとの思いから、廊下の夜陰に身を潜ませ遁走《とんそう》するのを控えた。幸い、気づかれなかったようで慈英尼は京四郎の目の前を歩いて行く。まさか、ここに京四郎がいようとは夢にも思っていないのだろう。

寝間には鶴之助がただ一人いるだけである。

――今だ――

京四郎が寝間に向かおうとした時、不意に、

「諏訪さま」

と、慈英尼に声をかけられた。背筋がびくんとしたと思うと全身が強張《こわば》った。振り返ったところで、掛け行灯の薄ら灯りに慈英尼の艶然《えんぜん》とした笑みが浮かんでいた。

「立ち去れと申したはずだぞ」

囁きかけると慈英尼から意外な言葉が返された。

「わたしには役目があります」

慈英尼はばかに落ち着いている。

「………」

一体、何を言っているのだと思ったのはほんの一瞬のことで、

「おまえ、何者だ」

と、問い返した。

「御老中水野越前守さまの密命を受けし者」

そのしっかりとした口調は先ほどまでの慈英尼とは別人である。

「密命とは鶴之助さま暗殺か」

「鶴之助さまはわたしが仕留めます。あなたさまには渡しませんからね」

慈英尼は釘を刺す。京四郎はこのまま引っ込むことへの抵抗を感じたが、慈英尼に出し抜かれ、それは出し抜いたというよりは慈英尼なりの策を以っての接近であることも確かである。

「わかった」

この時、京四郎の脳裏には掌《てのひら》から三百両が零《こぼ》れ落ちるのを感じた。

負けた。

慈英尼を信じ切った自分が甘かった。ともかく、これで鶴之助の悪行も終わるのだ。今宵はそれを喜ぼう。京四郎は廊下を進み、濡れ縁に出ると庭に身を隠した。どうしても慈英尼のことが気にかかる。このまま屋敷を抜け出す気にはなれなかった。

母屋の縁の下に潜もうと思った。

が、そこで、猛烈な殺気を感じた。夜目に慣れた目を凝らすと、縁の下の奥深くに人影が蠢《うごめ》いている。とてものこと、鶴之助の寝間までは辿《たど》り着けそうもない。

慈英尼のことが気にかかる。

と、思った時には、

「曲者め！」

次いで、慌ただしい足音がする。

慈英尼が走って来た。

ところが、慈英尼が御殿を飛び出したところで屋根から投網《とあみ》が降って来た。慈英尼の身体は網に絡《から》め取られた。呼子が夜空を震わせる。

しばらくして、宗念と市岡が姿を現した。囚《とら》われの身となった慈英尼を見下ろし宗念が言う。

「やはりな。こんなことだろうと思った」

宗念は吐き捨てた。

それからおもむろに、

「誰の命《めい》を受けた」

と、慈英尼に問う。慈英尼は黙っている。そこへ鶴之助がやって来た。白絹の寝間着姿で髷《まげ》を振り乱し、狂気じみた目で慈英尼を睨《にら》み据える。

「おのれ、余をたばかりおって」

宗念が、

「念の為、縁の下と天井裏に我が手の者を潜ませておりましたゆえ、よかったものの、殿、ご自重めされよ」

「それにしても、余に近づき、寝首をかこうとするとは。許せん」

鶴之助は市岡に向かって大刀を貸すよう命じる。それを宗念が遮り、

「その前に、この者に殿のお命を狙えと命じた者を聞きださねばなりません」

「それも、そうか」

鶴之助も一応は聞き入れたようだ。

「さあ申せ」

宗念は慈英尼に屈み込む。慈英尼は黙り込んでいる。

「吐けと申しても、白状はせぬな」

宗念は失笑を漏らした。

京四郎は何とかして助ける方策を巡らせたが、こう十重《とえ》二十重《はたえ》に囲まれていてはどうすることもできない。

「吐け！」

鶴之助の苛立った声音がこだまする。

と、

「ははは」

この場には似つかわしくないけたたましい笑い声がした。

声の主《ぬし》は誰あろう慈英尼である。

「おのれ、舐《な》めるな」

鶴之助はたまらず慈英尼に駆け寄った。

と、不意に慈英尼が立ち上がった。網に絡めとられた慈英尼は凄絶《せいぜつ》な美しさをたたえていた。

「殿」

宗念が鶴之助に体当たりをする。同時に、

「下がれ！」

甲走った声を発した。

次の瞬間には、

――ごおん――

轟音《ごうおん》と共に閃光《せんこう》が走った。

慈英尼の身体が爆風に包まれる。同時に周囲の侍三人が吹っ飛ばされた。

京四郎はかろうじて身を伏せ、災難から逃れることができた。爆風が頭上をかすめ、草木を震わせる。手で両耳を塞《ふさ》いだものの、鼓膜が破れんばかりの轟音に襲われた。しばらくは辺りを煙が覆い、耳が聞こえない。

それでも、煙が晴れてゆくに従い、遠くで人の声が聞こえてきた。ざわめきの中で鶴之助の声がする。

間一髪、鶴之助は宗念に組み伏せられ、命拾いをした。

「自爆しおったか」

宗念は吐き捨てた。

網や染衣や頭巾が散乱し、慈英尼の手や足が転がっている。見るも無残な様相を呈していた。

「隠密か」

鶴之助は言った。

「殿、当分は御自重ください」

今度こそ身の危険が間近に迫ったことを実感したのだろう。鶴之助は逆らうことなく、無言でうなずいた。

侍たちが慈英尼と同僚たちの遺骸《いがい》を片付け始めた。その混乱に乗じ、京四郎は屋敷を脱出した。

月が場違いなくらいに煌々とその美しさをたたえている。ふと、月に慈英尼の姿を重ねてしまった。命がけで役目を果たそうとした。すんでのところで、それは叶《かな》わなかった。まさに役目に殉じたのだ。そう思うと、

「やすらかにな」

月を見上げ京四郎はそっと両手を合わせた。

このことを京太郎に報告せねばならない。だが、その前に、身体中が粟《あわ》だっている。慈英尼の自爆を目の当《ま》たりにした衝撃が薄れない。心の動揺をなんとか鎮めたい。

そんな思いからお民に会いたくなった。

「もう、看板か」

弁天屋に着くとお民が暖簾を店の中に取り込もうとしていた。

「どうぞ」

お民は笑顔で店の中へと導いてくれた。店の中では、団九郎と為左衛門の二人が残って

いるだけだ。二人とも入れ込みの座敷で船を漕いでいた。

「しょうがない奴らだ」

そう言いながらも二人の顔を見ているとなんとも言えない安心感が湧いてきた。

「お飲みになりますか」

「そうだな」

気がつけば喉はからからだ。お民はすぐに冷や酒を持って来てくれた。猪口ではなく湯呑に注ぎ、くいっと一息に飲み干す。ほっとした。すると、ここで胃袋が活動を始めたようだ。緊張で縮こまっていたのが、今の酒で空腹であることを訴えている。すきっ腹に酒というのも悪くはないが、

「お腹、空《す》いているようですね」

というお民の言葉にうなずく。

「残り物でいいよ」

「待っててくださいね」

お民が調理場に引っ込んだところで団九郎が起きた。目をこすりながら、

「なんや、京四郎はん。何時《いつ》、来はったのですか」

その欠伸《あくび》混じりの物言いに苦笑を浮かべ、

「ちょっと前だ」

と、答えたところでお民は茶漬けを持って来た。大振りの茶碗に沢庵《たくあん》と梅干しが添えてある。御櫃《おひつ》もあり、好きなだけ食べろというお蔦の厚意だった。茶をかけ、沢庵を噛んだ。沢庵の甘味と茶がうまく溶け合い、米粒がさらさらとかき込める。あっと言う間に一杯を空《から》にし、二杯目をよそった。それを感心したように見ていた団九郎が、

「よっぱど、腹が空いてはったんですな。何してはったんですか」

「雀獲りに苦労した」

京四郎は一言答えると、二杯目もあっと言う間に平らげた。

四

腹が満たされると眠気に襲われた。疲れと緊張が身体の芯からどっと溢れ出たようだ。いかんと思っても、つい、睡魔に負け、気がついた時は十一日の朝を迎えていた。入れ込みの座敷で目を覚まし、大きく伸びをすると表の掃除を終え、水撒きを済ませたお民が、

「お早うございます」

と、明るく挨拶を送ってきた。

「おはよう」

欠伸混じりに挨拶を返したところで調理場から味噌汁《みそしる》の香りが漂ってきた。

「早く、顔を洗っといで」

お蔦の声に背中を押されるようにして店の裏口を出ると井戸端に立った。早くも蟬の鳴き声がかまびすしい。松の木陰に身を寄せ、井戸から水を汲《く》みあげる。ひんやりとした水が心地よい。何度も顔を洗っている内に、昨晩の記憶がまざまざと蘇《よみがえ》る。慈英尼の自爆の様子だ。

慈英尼、本名は何というのだろう。

名もなく、役目に殉じた女。それは明日の自分かもしれない。

ぼんやりとそう思った時、手拭を差し出された。お民が横に立っている。手拭を受け取り顔を拭く。

「大分、お疲れのようでしたね」

「ああ、ちょっとな」

「また、危ないお役目を担っておられるのですか」

お民は心配そうに問いかけてきた。

「いや、大したことはないさ」

「それならよいのですが」

お民の顔は曇ったままだ。お民の視線から逃れるように、

「腹減ったなあ」

大きな声で言うと店の中へと入った。小机には豆腐の味噌汁と丼飯《どんぶりめし》に、焼いた目刺《めざし》と納豆が添えてある。

「いただきます」

味噌汁を一口飲み、白米に箸《はし》をつける。炊き立ての飯は何よりもありがたい。丼一杯を食べ終えると、全身に力が蘇ってきた。そこへお蔦がやって来た。

「ご馳走《ちそう》さま」

京四郎は頭を下げるとお蔦は調理場に目をやった。お民が洗い物をしている。

「すっかり馴染《なじ》んでくれているよ」

「母上、面倒をかけます」

「それは言いっこなしだよ。それより、お民ちゃんのことが心配なんだ」

お蔦の顔は不安の影が差していた。京四郎が黙っていると、

「このままでいいのかってね」

「ですから、琉球に戻してやろうと。そのために金を稼いでいるんですから」

京四郎は自分も琉球に行きたいということは言っていない。

「それなんだけどね」

お蔦の声は小さくなった。

「この前、お民ちゃんに聞いたんだ」

お蔦は看板になってから、お民に琉球が懐かしくはないか、帰りたくはないかを尋ねたという。

「お民ちゃん、それは懐かしそうな顔をしたけど、今は特別に帰りたくはないって。むしろ、ここで暮らしていたいって」

「それは、母上に対する遠慮さ」

「どういうことだい」

「琉球に帰りたいなんて言ったら、ここの暮らしを嫌がっているようだろう。だから、母上に気がねしてそんなことを言っているのさ」

「そうかねえ」

お蔦の考えはもっともな気がする。実の所、京四郎もお民からそんなことを聞いた。その時は、お民の琉球渡航費を稼ぐため、危険な役目を担う京四郎への配慮と思った。しかし、案外、お民はここでの暮らしを受け入れていることも事実だと思えてきた。京四郎にはそれが衝撃だった。

お民と一緒に琉球で暮らす。

それは京四郎にとっての夢であり、生き甲斐であり、人生そのものというくらいになっている。それを否定されることは自分の人生を否定されたようにすらなった。

受け入れがたいことだ。

「母上、お民がいては邪魔ですか」

ついそんな問いかけをしてしまった。

「なに馬鹿なことを言っているんだい。邪魔なわけないだろう」

その言葉は本音であろう。今となっては、娘のような気持ちになっているのではないか。

そこへお民がお茶のお替りを持って来た。するとお蔦が、

「お民ちゃん、ちょっと、お座り」

と、自分の横に置いてある酒樽《さかだる》を示した。

「いや、いいよ」

京四郎はそれを拒もうとしたが、

「いいじゃないか。この際だ。お民ちゃんの気持ちを確かめたほうがいいんじゃないか」

お蔦はこの辺り気丈である。芸者の頃はきっぷの良さを売り物にしていた。白黒はっき

りつけたくなる気性である。お民は躊躇いながらもお蔦に逆らうことはせず、しずしずと腰を下ろした。

「お民ちゃん、遠慮しないで答えておくれ。今でも琉球に帰りたいって思っているのかい」

お蔦が尋ねた。

お民は目を伏せている。

「そら、帰りたいさ。特にこんな夏の日の空なんか見たら、琉球の青空を思い出すだろう」

つい、横から口を挟んでしまう。

「おまえは黙っていなさい。お民ちゃんの気持ちを聞いているの」

お蔦はぴしゃりと言う。

お民は顔を上げて京四郎とお蔦の顔を交互に見た。そして、おもむろに口を開いたところで、

「お早うさん」

右半身が塩冶判官、左半身が大星由良助という団九郎の顔が暖簾を潜って来た。

「おう」

京四郎が右手を上げる。

お民もそれを潮に腰を上げた。京四郎は安堵《あんど》に包まれた。その安堵が意味するのは、お民が琉球には帰りたくないと答えるのを恐れてのことだと、京四郎自身がはっきりとわかっている。お蔦はわずかに眉間に皺を刻んでから調理場へと向かった。団九郎に続いて為左衛門も入って来た。

「京四郎はん、ゆんべは馬鹿にお疲れのようでしたな」

「まあな」

「ほんま、雀獲りでっか」

「ずいぶんと手こずったのだ」

言ってから腰を上げる。

「今日はどないしまんの」

「飛鳥山に行く……」

言いながらふと小野寺を訪ねようと思った。

「いや、ちょっと、江戸市中に用事があるのでな」

「お忙しいことでんな」

団九郎の声を聞きながら表に出た。

小野寺の屋敷は番町《ばんちょう》にあった。

家に帰って井戸端で身体を拭い、着替えを済ませてからやって来た。紺地の単衣に袴を穿《は》き、菅笠を被っている。大小を落とし差しにして颯爽《さっそう》と市中を歩いた。一時ほどで小野寺の屋敷に着いた。裏門で素性を告げるとすぐに通された。御殿の玄関脇にある使者の間で待つほどもなく小野寺はやって来た。

「早速の報告、大儀」

小野寺は言った。

「昨晩、御老中水野越前守さまの密命を受けた隠密、慈英尼という比丘尼に扮《ふん》した女ですが、鶴之助さま暗殺にしくじり自害して果てました」

昨晩のあらましを語った。小野寺は無表情で聞き終えた。

「鶴之助さま暗殺、それがしだけに下された密命ではないのですか」

問いかけるうちに抗議じみた物言いをしてしまった。

「いかにも」

まるで当然だと言わんばかりの小野寺の態度である。

「それはまた」

苦笑せざるを得ない。

「このような大事じゃ。事は万全を期さなければならない。手抜かりがあってはならないのだ。大体、三百両もの大枚がかかっておるのだぞ」

「つまり、暗殺に成功した者に三百両は下されるということですか」

「左様」

「これはまた……」

失笑を漏らしてから慈英尼は何者だと聞いた。

「伊賀者《いがもの》じゃ。それから、ついでに申しておくが、御老中水野越前守さまは甲賀者《こうがもの》、他にも御庭番《おにわばん》を動員されておる」

「それでは、まるで鶴之助さまは獲物ですか」

鶴之助に同情する気はさらさらないが、鶴之助は今や狩の獲物となっているようだ。

「おまえも、ぼやぼやしている場合ではないぞ」

「御意《ぎょい》にございます」

そう返事をせざるを得ない。

五

小野寺の屋敷を出た。

さて、どうするか。小野寺が言うようにぼやぼやしていると鶴之助は討たれてしまう。鶴之助はなんとしても我が手で討ち取りたい。賞金のこともあるが、岩淵筋で乱暴狼藉を働いた償いは鳥見役たる自分がさせるべきだ。

そう決意も新たに歩を速める。

すると、背後に人の気配を感じる。何者かに付けられている。

京四郎は四辻《よつつじ》に差し掛かったところで、足早に駆け出し、右に折れた。

すると、武家屋敷の築地塀の屋根瓦で足音が鳴ったかと思うと京四郎の眼前にふわりと人影が下り立った。その男、風呂敷包みを背中に負っている。明らかに隠密であろう。小野寺から聞いた話が思い出される。伊賀者か甲賀者か、はたまた公儀御庭番か。慈英尼は伊賀者であった。従って、伊賀者ではあるまい。すると、甲賀者、御庭番、どちらかだろう。

「鳥見役諏訪京四郎殿だな」

「人に聞く前に自分の素性を名乗ったらどうだ」

突き放したような物言いをした。

「これは失礼。おれは伊賀組の駿河源蔵《するがげんぞう》と申す」

伊賀者であったのか。

それは意外だ。だが、何も各組一人が動いているとは限らない。京四郎が黙っていると、

「慈英尼を存じておろう」

「気の毒なことだったな」

慈英尼の死によって鶴之助暗殺を引き継いだということか。

「妹だった。静《しず》と申す」

言葉が出てこない。

「役目で命を落とすのは本望。また、しくじったのはおのれの未熟さゆえのこと。だが、そうは申しても、やはり、妹を失った悲しみは嫌でも襲ってくるものだ」

駿河源蔵の口調はあくまでも落ち着いたもので、それほどの悲しみに浸っている様子はない。

「鶴之助さま暗殺は私情を挟んではならないのだが、わしにとっては妹の仇討《あだうち》でもある」

駿河の目は鋭く凝らされた。

「いかにも、その通りであるな」

「わかってくれるか」

「ああ、だが、何が言いたい」

わざと突き放した問いかけをする。駿河の本音を引き出したいところだ。

「よって、鶴之助さま暗殺、なんとしても、我が手で成し遂げたいのだ」

「おれには手出しをするなと言いたいのか」

京四郎は思わず身構えた。

「いかにも」

駿河の目が激しく瞬《まばた》きを繰り返す。

「それはできん」

きっぱりと拒絶した。駿河の気持ちは痛いほどわかるが、自分にも意地がある。鶴之助は自分が仕留めると心に誓った矢先である。いくら妹の仇《かたき》と言われようが、唐突な願いに応じられるものではない。

「武士の情けだ」

駿河は詰め寄って来た。

「できぬ。おれだって、密命を受けし者」

「手柄を立てたいのはわかる」

「手柄を立てたいがためではない」

「三百両目当てではないと申すか」

「欲しくないと言えば嘘《うそ》になるが、それだけではない」

「意地か」

「いかにも。鶴之助さまは岩淵筋で罪もない娘や娘の祖父を己の色欲によって虫けらのように殺した。断じて許しがたい所業だ。この悪党をむざむざと放っておいてはおれの鳥見役としての沽券《こけん》に係《かか》わる」

「武士の矜持《きょうじ》か」

駿河は薄く笑った。

「妹の仇を討ちたい気持ちはわかるが、話はこれでお仕舞《しまい》だ」

「よかろう。この話はなかったこととしてくれ。公方さま御曹司暗殺という汚れ仕事を担う者同士、勝負だ」

駿河の目が光った。

「ああ、負けぬぞ」

京四郎の胸は熱く燃え盛った。

駿河と別れ、岩淵筋に戻ったのは昼八つ（午後二時）を過ぎていた。幾分か風は涼しくなったが、まだうだるような熱気が地べたを這《は》い廻《まわ》っている。音無川のせせらぎが銀色に輝き、村全体がしんと静まっている。炎昼、強い日差しに追い立てられて、村人たちが家の中に籠っているのと、絞殺魔の恐怖が不気味な影を落としているのは明らかだ。それでも、田圃の草取りをしている百姓はちらほらと見受けられた。聞くともなく聞くと、口々に語られるのは飛鳥山で夏祭りが催されるという話である。

「公方さまの御曹司さまだそうだ」

どうやら鶴之助の存在は王子村にも浸透したようだ。

「大変慈悲深いお方だそうだ。おれたち百姓を暑気払いに招待してくれるってさ」

「なんでも、酒や料理が振る舞われるそうだぞ」

「このところ、怖い事があったからな。憂さ晴らしができるというもんだ」

何も知らないとはいえ、百姓たちの無邪気さには胸が潰《つぶ》れる。

「無理ないか」

京四郎はひとまず飛鳥山に上った。

こんもりとした雑木林に遮られて鶴之助屋敷は見えない。今頃は、宗念の言いつけに従って大人しくしているのだろうか。身辺近くに刺客が潜入したとあっては、鶴之助とて心中穏やかではないどころか、己の乱行を控える気にはなっているに違いない。

そんなことを思いながら飛鳥山を回る。団九郎が「仮名手本忠臣蔵」四段目、判官切腹の場を熱演していた。熱演と暑さが相まって、団九郎の化粧は剝がれ、無様な面構えとなっていたが、それがかえって鬼気迫る芝居となって見物人の心に届いたのか、やんやの喝《かっ》采《さい》を浴びている。団九郎には悪いが、絞殺魔の恐怖に襲われた村人たちの憂さ晴らしになっているといえなくもない。

団九郎は声援に押されるように、芝居を終えた。大した稼ぎとなった。横では為左衛門も回し一つ、汗を飛び散らせながら一人相撲を繰り広げていた。これまた熱演である。為左衛門にも多くの銭が投げられた。二人はともかくも、生き生きと稼ぎを終えることができたようだ。

すると、団九郎が一休みしようと松の木陰に座った横に中年の男が座っていた。団九郎が、

「もう、帰ったほうがええで」

と、声をかける。

男はぼうっとした締まりのない顔で団九郎を見上げていた。だが、

「師匠、どうか弟子にしておくんなさい」

と、頭を下げる。

「せやから、弟子なんか取れる身分やないで。見てわかるやろ。わては見ての通りのしがない大道芸人や」

団九郎は顔をしかめた。

「そんでも、わし、師匠の芸に惚れました」

男は極めて滑舌の悪い言い方で切々と訴える。おかしくなって京四郎が横から、

「どうした。弟子入り志願か」

すると団九郎は困ったような顔で、

「そうでんがな。今朝《けさ》からわての側に来て離れまへんのや」

「この前、言っていた男のことか」

「そうでんがな」

団九郎が返事をしたところで京四郎は男に視線を預けた。男は、

「弥助《やすけ》といいます」

と、抜けたような声で答えた。声ばかりか顔までもがぼうっとした間抜け面である。

「どこの者だ」

「百姓をやっておったんですが、芝居が好きで、どうしても役者になりたくて、多摩《たま》から出てきました」

団九郎が、

「芝居好きで、役者になりたいのはええのやけど、弥助はもう三十過ぎや。その歳で江戸の三座に入れるわけないがな」

団九郎の話は、まさしく弥助の間抜けぶりを物語っている。

「ですけど、もう、家には帰ることできません」

「せやから言うてやな」

団九郎は持て余し気味である。

「わし、師匠の芸に惚れました。これからは、大道芸で身を立てていきたいと思います」

弥助は正座をした。

「身を立てるもなにも、そんな甘い世界やないんやで」

「わかってます」

「ほんまかいな」

言いながらも団九郎は満更でもなさそうだ。

第四章　四《よ》つ巴《どもえ》の御用

一

飛鳥山を離れ、王子稲荷へと向かった。向かったのに特別な理由はない。とにかく、岩淵筋内を巡回しなければ気が収まらないのだ。王子稲荷の鳥居近くで茶店に寄り、縁台に腰を下ろして冷たい麦湯を頼んだ。

するとすぐ横の縁台に、

「どっこいしょ」

と、男が腰を下ろした。竹で編んだ籠《かご》を横に置き、醤油《しょうゆ》で煮染《にし》めたような手拭で顔の汗を拭いた。尻《しり》はしょりをした粗末な単衣の背中はぐっしょりと汗が滲んでいる。紙屑拾《かみくず》いだ。紙屑を拾い集めて古紙問屋に売って日銭を稼ぐ連中である。

「心太をおくれな」

紙屑拾いは心太を頼んでから、京四郎に向き、「諏訪殿」と親しげに声をかけてきた。

またもか。甲賀組か公儀御庭番か。

無言で見返すと、

「公儀御庭番木村丈太郎《きむらじょうたろう》でござる」

木村はあっさりと素性を明かした。そのてらいのない物言いは隠密という素性も、鶴之助暗殺という影ある御用も感じさせない。大体が、初対面でいきなり素性を明かすこと自体、型破りな男だ。そんな京四郎の心の内などお構いなく木村は話を続けた。

「お互い、大変な役目が下されたものだな」

木村はまるで他人事《ひとごと》だ。いきなり、役目への不満をぶちまけるとは、この男の胸の内がわからない。

「木村殿とて、この役目、必ず成し遂げねばならぬのではござらんか」

京四郎の言葉を無視し、木村は女中が持って来た心太を受け取るとうれしそうに目を細めた。箸一本で啜《すす》り上げ、

「いやあ、美味い。心太はやはり酸っぱくなくてはな。ご存知か、大坂の心太を」

唐突に心太のことを聞かれても戸惑うばかりである。

「さて、知らぬが……」

曖昧に口ごもると、

「昨年、大坂に御用で行ったのだが、大坂の心太は黒蜜《くろみつ》がかかっておるのだ」

「ほう、黒蜜」

つい、木村の言葉に引き込まれてしまった。

「だから、甘い。まあ、それはそれでいいのだが、夏の暑い日に食すに口の中に甘味が残るというのはどうもよくない。それよりは、酸っぱい方がさっぱりとして夏向きというものだ。大体、心太は夏に食するものだからな」

木村はひとしきり心太についての講釈をしてからお替りをした。それから京四郎に向いて、

「ところで、王子と申せば玉子焼きが名物だが、何処か美味い店を教えてくれぬか」

まったく惚けた男だ。こいつは、王子村に何をしに来たのだ。まさか、名物を食べに来たわけではあるまい。

「よく申すだろう。名物に美味いものなしと。だがな、それは食してみないことにはわからん」

木村は口を開けて笑った。

「木村殿、それも結構でござるが、御役目のこと、いかがされるのだ。容易なことではござらんぞ」

「わかっておるさ」

木村は二杯目の心太を美味そうに啜り上げる。

「いかがされるのだ」

つい声の調子を上げたところで、

「お主」

と、心太の入った椀を縁台に置いた。京四郎が口をつぐんだところで、

「おれが鶴之助さまを仕留めることを望んでおるのか。自分の手で仕留めようと思っておるのだろう」

「そう決めておる」

「ならば、競い合う者が一人でも減ったほうがよかろう」

「木村殿はやる気がないと申されるか」

「大きな声では言えぬがな」

木村は言葉とは裏腹に悪びれた様子はない。

呆《あき》れる思いで木村を見る。

「おかしいか」

「おかしいというより、怠慢というべきであろう。御庭番と申さば、畏れ多くも公方さま

直々《じきじき》の内命を受けて御役目を遂行するのではないか」

「だからなのだ」

木村はここで目元を引き締めた。その表情を見れば、満更、職務怠慢から出た言葉とは思えない。

「かりにも鶴之助さまは公方さまの御落胤だ。こたび、御庭番たるおれが鶴之助さまを手にかけてみよ」

木村の目が探るように凝らされた。

「それが公方さまのご命令ではないか」

「違う、幕閣方の思惑で公方さまには内密に、御側用人《おそばようにん》さまからの指示に従ったまで。実際は公方さまもご存知なのかもしれぬが、公方さまとていかに不出来の息子でも殺す命令を下すなど、後々の外聞にもかかわる」

いかにもそうだろう。

「ではおれが仕留めたらどうなる。確かにご褒美は頂ける。三百両といえば大金だ。それなりの昇進もあるかもしれぬ。ところが、時が経《た》てばどうであろうな」

「……………」

無言で見返す京四郎に、やがて将軍の御曹司を手にかけたことが裏目に出て御曹司殺しという目で見られるようになり、その罪によって処罰されるだろうと語った。

「要するに保身か」

京四郎は呟《つぶや》くように返した。

「保身……。そうかもしれぬなあ。ま、伊賀組や甲賀組、根来組とは違う。奴らはこの役目をきっかけに勢力を得ようとしているのだ」

「飛躍の機会と捉《とら》えているのだな」

いかにもそれにはうなずける。天下泰平の世にあって伊賀だの甲賀だの根来だの、忍びの技術を行使することなど滅多にあるものではない。

「ならばお主、今後いかにするつもりだ」

「検分だな。お主は自分の手で仕留めたいであろう」

木村はにんまりとした。

「当たり前だ。おれは役目から逃げるつもりはない」

「聞くところによると、近々の内に飛鳥山で夏祭りが催されるそうではないか。鶴之助さまが熱望なさっておられるとか」

「娘狩りを行いたいのだろうさ」

「なるほど、娘狩りな」

木村は愉快そうだ。それから、きつい目つきとなって、

「飛鳥山が狩り場となるなあ。鶴之助さまは見目麗《みめうるわ》しき娘を狩る。お主や伊賀組、甲賀組は鶴之助さまを狩る。真夏の夜に、飛鳥山は熱気むんむんの狩り場となるという次第だ」

いかにも高みの見物を決め込んだようである。その無責任さには腹が立つが、まあ、木村の好きにさせておけばいい。何も叱咤して、やる気を起こさせる必要はないのだ。

「ならば、精々気張るがいい」

木村は竹籠を肩にかけて何処へともなく歩き去った。

なんとも奇妙な男である。

それを見送ってから京四郎は鳥見屋敷へと向かった。

鳥見屋敷の居間では、京太郎が村人に忙しく指図をしていた。聞こえてくるところによると、夏祭りは、明後日の晩に催されることになった。よって、その準備をするよう指図している。居間では絵図が広げられている。一目見ただけで飛鳥山だとわかる。舞台、櫓、天幕、各々の持ち分を京太郎が割り振っていく。一通り割り振りが終わったところで庄屋たちは去って行った。庄屋たちが居なくなっても、京太郎は絵図と首っ引きだ。

「やはり、実行するのですか」

「ふむ」

京太郎は無表情だ。こういう顔つきの時こそ、心の内を見透かされたくないという強い意志をみなぎらせている。

「今、飛鳥山を中心とした一帯には、公儀御庭番、伊賀組、甲賀組の忍びが潜入しております。みな、鶴之助さまを狙っておるのです」

「そうか」

京太郎は生返事をしたものの絵図から目を離そうとはしない。知っていたのか知らなかったのかさっぱりわからない。

「飛鳥山の夏祭りは場合によっては大変な修羅場《しゅらば》となるかもしれません」

京太郎は一瞬顔を上げたものの、すぐに絵図に視線を落とし、

「ここに桟敷《さじき》席を設ける。ここには鶴之助さま、それから小野寺さまがご臨席になる。その際、お側近くに伺候《しこう》し、お守りするのがおまえの役目だ」

京太郎は言った。その言葉の裏には鶴之助に近づける機会を逃すなと言いたいようだ。

「伊賀組、甲賀組、御庭番が仕留める前におまえなら仕留められよう」

京四郎が黙っていると、

「どうした、自信がないのか」

京太郎はからかうように薄笑いを浮かべた。

「そんなことはありません」

ついむきになってしまう。

「それまでに、鶴之助さまが、大人しくしておられることを祈るばかりだ」

京太郎は遠くを見るような目をした。

「くれぐれも、民には迷惑がかからないようにしなければなりません」

「おまえの迅速なる対応が肝となるな」

「いかにも」

「くれぐれも油断するな」

京太郎の目は鋭く凝らされた。

「お任せください」

今度は力強く返事をする。

二

弁天屋の暖簾を潜った。

「師匠、まあ、一杯」

先ほどの弥助が盛んに団九郎を持ち上げている。

「うるさいやっちゃな」

団九郎は言いながらも機嫌のいいことこの上ない。

「弟子入り叶ったのか」

京四郎が弥助に尋ねた。それには団九郎が、

「まだ、弟子と決まったわけやないで。何遍も言うけど、この道は厳しいさかいな」

と、弥助に向かって大仰に語りかける。

「一生懸命やります」

弥助はけなげにも訴えかけるような態度となっている。そこへ、お民が酒を運んで来た。

すると、暖簾を潜って来たのは見覚えのある男だ。

なんと重右衛門である。

お夕殺しの容疑をかけられた庄屋だ。濡《ぬ》れ衣《ぎぬ》は晴れたのだが、その表情は曇ったままである。京四郎と視線が合い、こくりと頭を下げた。

「あの時はお騒がせ致しました」

重右衛門は言った。

「あらぬ疑いをかけてしまって、こっちこそ悪かったな」

「その後、お夕を殺した下手人、絞殺魔、鬼畜の素性、おわかりになりましたか」

重右衛門は責めるような口調となっている。無理もない。当初は自分も疑われたのだ。

それから、犯行が繰り返されているのに下手人は一向に挙げられていない。本当は下手人の目星がついたどころか、それを仕留めようとしているのだが、下手人が将軍の御曹司であることは絶対に言えないことだ。

「今、懸命に探索をしているところだ」

「それで、手がかりは得られないのですか」

重右衛門はいかにも不満そうだ。

「目星はなんとか……」

途端に重右衛門の目が光った。

「何者ですか。何処に住んでおるのでございます」

勢い込んで問いかけてくる。

「それは申せぬ」

「教えてください」

「知って何とする。お夕の仇でも討つつもりか」

「わたしは百姓ですし、あの女は妻になったわけではありませんから、仇討なんぞ許されるはずもありません。しかし、この手で下手人を……。この手で絞め殺してやりたいと、それがせめてものお夕への手向《たむ》けになると……」

重右衛門は全身をわなわなと震わせた。

「まあ、落ち着け」

しかしながら、その言葉は重右衛門の気持ちを余計に刺激することになってしまった。

「何をおっしゃるのですか。それなら、早く、お縄にしてください。そいつを獄門台へ送ってください」

重右衛門は顔を真っ赤にして喚《わめ》き立てる。顔中どころか、肉のたっぷりと付いた首回りも見苦しいくらいに汗にまみれて哮《たけ》る姿に客たちは啞然《あぜん》となり、店の中はしんとなった。

重右衛門は取り乱したことを悔いたように表情を落ち着けると深々と頭を下げた。

「申し訳ございません。つい、興奮してしまって」

するとき団九郎が、

「お庄屋さん、一杯どないですか」

と、銚子を勧める。重右衛門ははっとしたように団九郎に視線を向けた。それから表情を和ませ、

「そうだ。おまえさんたち、飛鳥山で大道芸を披露しているんだったね」

と、団九郎と為左衛門の顔を交互に見た。

「そうでっけど」

団九郎は愛想笑を浮かべる。

「明後日の夕方から飛鳥山で夏祭りが催されることは知ってるね」

「ええ、えらい評判でんな。なんでも、公方さまの御曹司さまが催されるのやて聞きましたけど」

団九郎は為左衛門を見る。為左衛門はきょとんとしている。

「それでね、おまえさんたち、飛鳥山の大道芸人として、鶴之助さまの御前で芸を披露して欲しいのだよ」

「ほんまでっか」

団九郎は相好《そうごう》を崩した。為左衛門はきょとんとしている。

「余興だよ」

重右衛門は大きくうなずく。

「ええんでっか。わてらのような大道芸人風情が公方さまの御曹司さまの御面前で芸を披露するやなんて」

団九郎は謙遜《けんそん》はしているが、やる気満々なのはその顔つきで明らかだ。

「いいんだ。御曹司さまに飛鳥山の風物をご覧に入れたいんだ。だからね、日頃の芸の成果を存分にお見せするのだよ」

「そういうことなら、お引き受けしまんがな」

団九郎が言うと、

「ありがてえことですだ」

為左衛門もぺこりと頭を下げる。

「なら、頼んだよ」

重右衛門は団九郎と為左衛門のために酒と肴《さかな》を奢《おご》ってくれた。

「お庄屋さん、ほんまおおきに」

団九郎は笑顔を弾けさせた。

重右衛門が出て行ってから、団九郎はまさしく絶好調となった。

「わてらの芸が認められたのや。なあ、為」

「うれしいことですだ」

為左衛門も素直に喜んでいる。

「師匠、おめでとうございます」

弥助も喜色満面だ。

「師匠、よかったな」

京四郎も師匠と呼びかけ、団九郎と為左衛門の芸が認められたことを祝ったのだが、内心は複雑である。二人は鶴之助の面前で芸を披露する。将軍の御曹司の前で日頃の芸を披露できる機会などまずない。そのことを素直に喜んでやりたい。だが、御曹司は誰あろう鶴之助である。

鬼畜同然の絞殺魔だ。

当日、鶴之助は暗殺されようとしているのだ。ひょっとして、二人にとっては人生の絶頂を味わっている最中《さなか》、どん底に突き落とされたような思いに浸ることになるかもしれないのだ。

「わしの目に狂いがありませんでした。師匠は日本一の大道芸人です」

弥助の世辞を団九郎は正面から受け止め、

「日本一の大道芸人か、それもええかもしれんなあ」

団九郎は雲にも乗りそうな夢見心地となっている。

すると暖簾を潜って来た者がいる。

「これは、昼間のお侍さま」

紙屑拾いに扮した公儀御庭番木村丈太郎である。

別段驚きはしなかった。木村のことだ。探索をしているのだろう。京四郎の動きを探っていれば、鶴之助暗殺の状況は摑めると思っているに違いない。抜け目のない男だ。木村は満面に笑みをたたえ、

「今、耳に入ったのですが、こちらの芸人さん、公方さまの御曹司さまの面前で芸を披露なさるとか。いやあ、大したものです。わたしも昼間、見物していたんですよ」

木村は親しみ深いその笑顔で京四郎たちの席に加わった。

「そうでっか、まあ、一杯いきなはれ」

団九郎は気を良くし、為左衛門も快く木村を迎えた。木村は遠慮なくと酒を飲み、

「ところで、王子村というと玉子焼きですが、何処か美味い店、教えてください」

またしても玉子焼きだ。こいつは心底食い物に目がないのだろう。それに答えたのは為左衛門である。

「お民ちゃんが作るのが美味いだ」

たちまち団九郎も賛同するや、気の早さを発揮して、

「お民ちゃん、玉子焼きをこさえてな」

と、大声で注文した。お民も愛想よく引き受けた。

「飛鳥山はさぞや賑やかでしょうな」

木村は想像を巡らすように遠くを見るような目をした。

「その中にあっても、師匠と為さんの芸が一番の見ものですよ」

弥助は言う。

「きっとそうです」

木村も調子を合わせた。

「まあ、任しとき。なあ、為」

「んだ」

二人の張り切りようを見てなんとも複雑な思いに駆られる京四郎である。ところが木村はお民が運んで来た玉子焼きに関心を向けていた。湯気を立てた黄金色《こがねいろ》の玉子焼きは見るからに食欲をそそる。木村は皿を抱えて夢中になって食べ始めた。

――こいつめ――

木村の無神経さが羨《うらや》ましくもなった。玉子焼きを食べ終えてから、

「では、わたしはこれで」

木村は席を立った。それから巾着《きんちゃく》を取り出し、

「おいくらで」

と、調理場に声をかける。

「ええのや。今日はええのや」

団九郎は気が大きくなっている。

「そうですか、それでは」

躊躇いつつも木村は一旦取り出した巾着を懐に戻した。それから、

「では、お言葉に甘えます」

頭を下げ竹籠を肩にかけて店から出て行った。

「お民ちゃん、わてらにも玉子焼きを頼むわ」

団九郎が声をかけた。賑やかに飲み食いを続ける団九郎たちを残し、京四郎は店を出た。

木村の背中が見える。小走りになって追いつく。

「玉子焼き、美味かった」

木村は言った。京四郎はそれを無視して問いかける。

「夏祭りの時、飛鳥山には来るのだな」

「ああ、しっかりお主の手柄を目に焼き付けるさ」

木村の顔に不敵な笑みが浮かんだ。

三

「お主、本当に高みの見物を決め込むのか」

「おれに手柄をさらわれるなどと危惧しているのか」

木村はニヤニヤとしている。この人を小馬鹿にしたような態度は許せないが、ひょっとして自分を怒らせようと仕向けているような気もする。

「そのつもりなのか」

「いや、その気はないと昼間に言ったはずだ」

「あれが本心なのかな」

「おれは正直な男だ。玉子焼きだって本気だっただろう」

またしても、雲を摑むようなことを言う。

「ふん、勝手にしろ」

京四郎が踵を返そうとした時、

「待て、あの男、気になるな」

木村が呼び止めた。

「団九郎のことか」

「まさか」

木村は失笑を漏らした。

「では、弥助のことか」

「そうだ」

「弥助、何だというのだ。まさか……」

「甲賀組かもしれんぞ」

木村の目は真剣味を帯びている。この男特有の他人事のような無責任さは感じられなかった。確かに弥助という男は不自然だ。団九郎の弟子になりたいなどと、団九郎には悪いがそれは信用できない。しかも、この時期である。鶴之助暗殺の機会を選んで近づいたと勘繰りたくなる。

「ま、用心するんだな。でないと、手柄をかすめ取られてしまうぞ」

「ご忠告、痛み入る」

京四郎は言うと店に戻った。店の中は相変わらずの賑やかさだ。弥助も盛んに飲み食いをしていた。

「弥助、今日は何処に泊まるのだ」

京四郎は聞く。

「まあ、適当にです」

「なんや、決めてへんのかいな。ほんなら、わての家に泊めてやりたいのやが、こいつと一緒やからな、狭くて寝られたもんやないわ。鼾《いびき》がうるさいしな」

「師匠、お気遣いなく」

弥助はかぶりを振る。

「せやかて、ねぐらがないことには困るやないか」

「この陽気です。どこでも寝られますよ」

弥助の様子を京四郎は窺う。弥助はぼうっとした間抜け面でしきりと頭を搔いた後、

「では、これで」

ぺこりと頭を下げ出て行く素振りを見せた。

「ちゃんと用心せいよ。この辺りは物騒なもんが出るさかいな」

「平気です。わたしは男。狙われているのは若い娘だそうで」

「そらそうやけどな」

「師匠、これで、失礼申し上げます」

弥助は深々と頭を下げると暖簾を潜って出て行った。

「ええ男や」

団九郎の声を聞きながら、

「ならば、おれもそろそろ帰るか」

京四郎も席を立つと外に出た。

月明かりに弥助の背中が見える。足音を消し、その後を追う。弥助は装束榎へと向かっていた。背中を丸め、頼りなげに歩くその姿はいかにも田舎者といった風だ。が、目指しているのは鶴之助屋敷であると想像させる。ひょっとして、屋敷に忍び込むつもりか。

雑木林を抜ける。

と、弥助の姿は消えていた。

蕭々《しょうしょう》とした夜風が草木を揺らす。すると、頭上に殺気を感じた。

――びゅん――

風を切る音がしたと思うと小刀が京四郎の頬をかすめる。咄嗟に地べたを転がった。そして素早く身を起こすと雑木林の中に身を躍らせた。

時を置かずして、頭上から人が落ちてきた。

「弥助か」

京四郎は小刀を弥助に投げ返した。弥助は右手でそれを摑み、

「鳥見役諏訪京四郎殿でござるな」

顔つきは団九郎に対する間が抜けたものとは一変している。落ち着いた物腰、それに目は殺気だっていた。

「弥助、甲賀組か」

「いかにも。こたび、鶴之助さまのお命を奪うべくやってまいりました」

「名は何と申す」

「弥助です」

だから本名はと問い返そうと思ったが、どうでもいいことだと口を閉ざした。

「弥助、団九郎に近づいたのは鶴之助暗殺を目的としておるな」

「当然です」

弥助は平然と答えた。

「わが甲賀組の名誉にかけ、と言いたいのですが」

弥助はここでにんまりとした。狡《ずる》そうで、何か腹に一物を抱えているようで、なんとも

嫌な笑顔だ。

「三百両の賞金、山分けにしませんか」

弥助はおくめんもなく持ちかけてきた。

「どういう気だ」

「つまり、わたしと諏訪殿、どちらが鶴之助さまを討ったとしても、褒美は二分するのです」

「本気か」

京四郎は笑顔で返す。

「断る」

「ほう、それは残念ですね」

弥助に言葉とは裏腹にさして失望感はない。

「役目として行うのだ。賞金目当てではない」

と、言いながらも自分も三百両に引かれている。

「まことご立派なことですな。ならば、競争ということになります」

弥助の目には殺意すら感じた。

「鶴之助さまを仕留める、すなわち、三百両を得るためなら、おれも殺すか」

京四郎は一歩前に踏み出した。

「まさか、お味方を手にかけるなど」

弥助の顔は冷笑を貼り付かせている。なんとも薄気味の悪い男である。

「ならば、これにて」

京四郎が言うより早く、弥助は闇に姿を消していた。

「ふん」

まったく、妙な男ばかりだ。もっとも、平凡な男では将軍御曹司暗殺などという大それた役目を担うことはできまい。

京四郎は夜空を見上げた。

果たして鶴之助暗殺、どうなるのか。みな、鵜《う》の目鷹《たか》の目《め》で鶴之助の命を狙っている。

飛鳥山での夏祭り、そこが鶴之助の死地となるだろう。もし、京四郎がしくじったら。

ふと疑問を感じる。

この場合、しくじるというのはどういうことか。鶴之助を取り逃がすということ。それと、自分以外の者が鶴之助を仕留めるということもしくじりということになるのか。そんなことを考えているとまたも背後で殺気がした。

振り返ると木村丈太郎である。

「いつまでおれにくっ付いている」

いい加減にうんざりした。

「まあ、そう言うな」

木村はいなすようだ。

「今度は何だ」

「それよりは感謝したらどうだ。弥助の素性を教えてやったのだからな」

「ふん、ほざけ」

京四郎が立ち去ろうとするのを木村はしつこく引き止める。

「なんだ、おれはもう寝るんだ」

「そう怒るな」

「怒らせているのはお主だろう」

京四郎は鼻を鳴らした。

「いいか。御公儀の狙いは何だと思う」

突然、木村は思いもかけない問いかけをしてきた。鶴之助の乱行を憂えてのことではないのか。将軍の御曹司があのような乱行を繰り返し、そのことを放置できないのは当たり前である。

「淘汰《とうた》さ」

木村の口からは意外な言葉が飛び出した。

「淘汰とは、鶴之助さまを淘汰するということか。つまり、公方さまの御曹司とは認めないと」

「そうではない。御公儀の台所事情は楽ではない。よって、財政のやり繰りを司《つかさど》ることになった勘定奉行小野寺隠岐守さまは少しでも出費を抑制するため、甲賀組、根来組、伊賀組のうち、今回の役目でしくじった組には、公儀の禄《ろく》を支給せずというお考えなのだ」

「宗念は根来組なのだからどうなる」

「鶴之助さまにお味方した時点で、根来組の運命は決したようなものだな。鶴之助さまは金食い虫となっておられる。これまでに、莫大《ばくだい》な出費を強《し》いられ、その責めを小野寺さまは負っておられるのだ。よって、小野寺さまにとって、鶴之助さま暗殺は御公儀の財政上、どうしてもやり遂げねばならぬ御役目というわけだ」

「そんな裏がな……」

三百両の賞金を出してでも鶴之助を排除する。ついでに、無用の長物と化している忍び組もできる限り排除するということなのだ。

「であるから、おれは高みの見物を決め込む」

木村は欠伸をした。

「鳥見役はどうなる」

「なくなりはしないさ。ただ、お主が鶴之助さまを仕留められなければ、役目の見直しということにも繋《つな》がるだろうて。つまり、禄を削られるということだ」

「御庭番は公方さま直属ゆえ、手をつけられないということか。それゆえ、お主は安全な所に居て見物できるという次第なのだな。まったくいいご身分だ」

京太郎はこのことを知っているのだろうか。京太郎のことだ。知っているのだろう。知っていて、知らぬ振りをする。王子の狐ならぬ狸だ。

「余計な重圧をかけてしまったか」

「いや、その重圧、かえってありがたい」

強がりではなかった。

四

明くる十二日の朝を迎えた。

飛鳥山に行くと、団九郎、為左衛門の他に弥助の姿もあった。弥助は京四郎を見ても顔色一つ変えず挨拶を送ってきた。京四郎とてもここで騒ぐ気はない。飛鳥山一帯には紅白の幕が張られ、櫓を組んだり、桟敷席や舞台が設けられたりしている。幕に葵の御紋が入っていないのは、鶴之助の認知が済んでいないからだろう。山中が鶴之助の来訪準備でおおわらわとなっていた。

「師匠の舞台が整いつつありますよ」

弥助の歯が浮くような世辞にも団九郎は喜色満面である。

「京四郎はんもおいでになるのでしょ」

「さてな。夏祭りなどに興味はないが」

「お民ちゃんを連れて来たらよろしいがな」

団九郎の提案に為左衛門も大きく首を縦に振る。

「お民にだって予定はあるだろうからな」

「せやかて、明日の晩は店も閑《ひま》ですがな」

「それはそうだろうがな」

京四郎は生返事をすると飛鳥山を見て回った。すると、目の前に宗念がやって来る。

「これは諏訪殿」

宗念は市岡を従えて夏祭り会場の視察にやって来たようだ。

「鶴之助さま、さぞや楽しみにしておられることでしょうな」

京四郎もにこやかに応じる。

「それはもう。兄上の御骨折《おほねおり》に大変感謝しておられますぞ」

「兄も喜ぶことでしょう」

「当日は諏訪殿もおられるのですな」

「はい、今は不穏な事件が立て続けに起こっておりますのでな」

ここで京四郎は言葉を止めた。

「そうですな。例の絞殺魔、下手人はわかったのですか」

「いや、それは」

苦しげな顔を返した。

「岩淵筋で不穏なる騒ぎが起きる最中、このような催しをして頂き誠に痛み入る。ですが、こう申してはお気を悪くされるかもしれませんが、こうした鬱屈《うつくつ》した空気を払拭《ふっしょく》するためにも明日の夏祭りはよいのかもしれませんぞ」

宗念のこの物言いはいかにも腹立たしいものだ。だが、それを表情に浮かべることもなく、

「確かにそれは一理あるかもしれません」

「諏訪殿には神経をすり減らすことでございましょうな」

「これも役目でございます」

突如として、宗念は声を潜めた。上目使いとなり、

「ところで、何やら不穏な噂を耳にしましたぞ」

「絞殺魔に関することでしょうか」

「いいや」

宗念の暑苦しい顔が眼前に迫ってくる。

「なんと、鶴之助さまのお命を奪おうというまことに天をも恐れぬ所業を企てる者がおるとか」

宗念は、おまえがそうであろうとでも言いたげなほどの厳しい目で京四郎を睨みつける。

京四郎はひるむこともなく、

「根も葉もなき噂でございましょう。なにせ、鶴之助さまは公方さまのお血筋の御方。そのような高貴なお方が岩淵筋に滞在するとなれば、好き勝手に申しおる無責任な輩《やから》も出てくるというもの」

「そう聞き過ごすことできますかな」

「宗念殿にあってはそれを噂と捨て置くことはできない理由があるのですか」

「いや、そこまで確証はござらんが、このところ、屋敷の周辺を怪しき者どもが徘徊《はいかい》しておること、警護の者が確かめております」

宗念は市岡を見た。

「いかにも」

市岡は力強く応じる。

「諏訪殿、鳥見屋敷にてそのような噂、耳にしておられませんか」

「さて、兄にも確かめてみますが、いずれにしましても、明日は万全の警護を以って当たります」

「諏訪殿が警護に就いてくだされば、百人力と申すもの」

ここで宗念は思わせぶりな笑みを漏らした。

「いかがされた」

「伊賀組、甲賀組が動いているのではござらんか」

「ほう」

「お耳にしておられるだろう」

「いいえ」

「お恍けか」

「そんなことはござらん」

京四郎は真剣な顔で見返す。

「諏訪殿、鶴之助さまが然るべき地位にお就きになられたら、貴殿のこともそれなりに遇することをお考えだ」

宗念は今度は懐柔に出たということか。おそらくは慈英尼に襲われ、鶴之助の身辺に危機が迫っていることを感じているに違いない。慈英尼を伊賀組と見破ったかどうかはともかく、公儀から放たれたと思っていることだろう。

「それは身に余る光栄でございます」

一応は慇懃《いんぎん》に礼を述べておいた。宗念は鷹揚にうなずく。それからおもむろに、

「明日の夏祭り、中止するわけにはまいらぬか」

あまりに唐突な問いかけである。

「それは」

できるはずはない。ここまで準備をしているのだし、宗念には口が裂けても言えないが、鶴之助暗殺の絶好の場と化すのだ。すると宗念は涼しげな顔で、

「できるはず、ないな。第一、鶴之助さまが承知すまい」

「そうでございましょうとも。鶴之助さまは大変に楽しみになさっておられるとか」

「いかにも。それはもう」

ここで、鎌《かま》をかけたくなった。

「鶴之助さまは何故そんなにも楽しみにしておられるのでしょうな。まさか、夏祭りそのものがお好きとは思えませぬが」

「ところが、お好きなのじゃ」

「まことでござるか」

空惚けたように聞き返す。

宗念は思わせぶりな目で、

「娘じゃ」

と、にんまりと笑った。

「娘……」

あまりに直截的な答えのため思わず聞き返してしまった。

「殿は美しき娘をご覧になるのを楽しみとされておられる」

「それは、それは」

うまい言葉が出てこないでいると、

「冗談じゃ」

宗念が一笑すると市岡も声を放って笑った。

「ま、それくらい、民との触れあいを楽しみにしておられるということ」

「きっと、岩淵筋の村人たちも楽しむことでございましょう」

「諏訪殿、お手数をおかけしますが、どうぞよしなに」

と、そこへ京太郎がやって来た。京太郎は菅笠を被り、単衣に裁着《たっつ》け袴《ばかま》という動きやすそうな格好で会場の設営の様子を見て回っている。時折、神経質そうな眼差しを向け、事細かに作業の様子を督励して回っていた。やがて宗念と目が合う。

「これは、宗念殿。準備、滞りなく行っております」

「いかにもご苦労なことでございますな。今も弟御と話をしておったところです。明日の警護、弟御が担ってくださるとのこと。まこと頼もしい限りでございます」

「鶴之助さまには、心ゆくまで楽しんでいただきたくお願い申し上げます」

京太郎が慇懃に頭を下げたところで宗念と市岡は悠然と立ち去った。

「宗念、鶴之助さまの身辺に隠密が放たれたこと、警戒しておるようです」

京四郎は京太郎を見た。

「警戒して当然だろう。だが、警戒すればするほど、こちらが有利となるのだ」

京太郎は例によって奥歯に物が挟まったような物言いである。

「それはどういうことでございましょう」

「小野寺さまが明日、大勢のご家臣をお連れくださる」

小野寺の家臣たちは鶴之助暗殺という評判が流れているのに事寄せ、身辺を厳重に警護するという。

「鶴之助さまを十重二十重にお守りする。それは、鶴之助さまをお守りするというよりは、鶴之助さまの身辺から宗念たちを遠ざけることにもなる」

「ならば、いっそのこと、小野寺さま配下の者の手で仕留めればいいではありませんか」

「そうはいかん。それをしたら、小野寺さまが罪を被ることになる。鶴之助さまはあくまで、下手人が不明もしくは、殺されたとは思えない手を使わねばな」

京太郎は事もなげに言う。

「なるほどそういうことでございますか」

「どうした、不満か」

「いいえ、自分の役目をまっとうするだけです」

「そうじゃ」

京太郎は笑顔を残し、作業現場へと向かった。

「狸めが」

京四郎は石ころを蹴とばした。

五

夕暮れとなり、弁天屋に寄った。

団九郎と為左衛門、それに弥助もいる。

「弥助は筋がええのや」

団九郎はきわめて上機嫌だ。

「師匠の教え方がお上手だからですだ」

弥助は相変わらずの人の好《よ》さを発揮している。

「明日、どのような段取りで芸を披露することになったのだ」

京四郎は弥助を横目に見ながら聞いた。

「夕五つ（夜八時）に夏祭りが開かれるそうですわ。鶴之助さまが御臨席になって、桟敷の前に舞台がしつらえてありますので、そこでやるんですが」

半時ほど、好き勝手に村人たちが踊るのだという。会場には屋台も出て、寿司や天麩羅《てんぷら》、鰻《うなぎ》の蒲焼《かばやき》なども振る舞われるという。

「ほんで、半時ほどが経過し、宴もたけなわとなったところで、わてらの登場ですわ。まずは為が」

と、為左衛門を見る。為左衛門は頭を掻きながらこくりとうなずいた。ここで京四郎は弥助に向いた。

「弥助はどうするのだ」

弥助が答える前に、

「わての弟子ですさかい、手伝わせます」

「ほう、手伝いか」

すっとぼけて弥助に聞く。

「師匠のお勤めになる舞台の袖《そで》で勉強させてもらいます」

この時ばかりは弥助は殊勝な顔つきとなった。

「精々、勉強するのだな」

平然と見返すと弥助は心なしか思わせぶりな笑みを返した。ここで、

「あれ、お民ちゃんは」

団九郎が言った。

調理場からお蔦が出て来た。

「お使いに行ってくれたんだけど、そういえば遅いね」

と、心配そうな顔をした。

「いつ頃のことでっか」

団九郎も心配顔だ。

「半時ほど前。王子稲荷までなんだけど」

答えている内にお蔦の顔は不安の影が濃くなっていった。

「こら、まさか」

団九郎が言うと為左衛門も顔を蒼《あお》ざめさせた。

「行って来る」

京四郎は腰を上げた。

「わてらも探そうか」

団九郎が言うと為左衛門も大きな身体で腰を上げる。

「おまえら、何処へ探しに行くのだ」

「そりゃ、飛鳥山周辺でんがな。ひょっとして、絞殺魔の仕業かもしれまへんで」

するとお蔦とてもその心配をしているのだろうが、言葉に出すことを恐れているのだろう。認めたくはないに違いない。

「でも、まだ、日は高いし、人目につくよ」

「そうだ。そうと決まったわけではない」

言いながらも京四郎の胸には暗雲がたれ込めていった。

「ほんでも、他に心当たりはおまへんがな」

団九郎はおろおろとしている。

「とにかく、探しますだ」

為左衛門の言葉をきっかけに団九郎と二人は外に飛び出した。弥助は自分もこれで失礼すると何処へともなく姿を消した。お蔦と二人になってから、

「どうしよう」

「わたしも探しに行きます」

「当てがあるのかい」

「なくはありません」

そうだ。鶴之助屋敷である。鶴之助、明日の夏祭りまで待ちきれなくなったのではないか。

鶴之助ならありそうだ。

我慢しきれなくなって、明日の夏祭りの前に、前夜祭のようなことを目論《もくろ》んでいる。そ

うと決まったわけではないが、こうしてはいられない。
ともかく、鶴之助屋敷に行ってみよう。

第五章　夏祭り

一

夕暮れ時、茜《あかね》差す鶴之助屋敷の門前に京四郎は立った。門番も立てておらず、屋敷は不気味な静寂の中にある。

果たして、お民がいるのか。

さらわれたとして、お民の命はまだあるのか。

ふと、無残な骸《むくろ》と成り果てたお民の姿が脳裏を過ぎる。首には絞殺の痕《あと》、断末魔の表情、乳房を切り取られ、胸には血文字で、「淫売」と書かれている。

嫌な想像を吹っ切るように頭を激しく横に振った。気をしっかり持って見越しの松の枝に取りつく。万が一、見つかるようなことがあっては、言い訳はできない。きっと、お民をさらったことを隠蔽《いんぺい》するために自分の命は奪われるだろう。

そういう思いに揺さぶられるが、お民を放ってはおけない。お民と一緒に琉球で暮らす。

それが自分の目的であり、夢だ。お民を失うことは自分の人生を失うことにも等しい。京太郎が聞いたら鼻で笑うだろうか。それともこめかみに青筋を立てて激怒するだろうか。ちょっと試してみたい気もする。とにかく、屋敷内を探そう。

京四郎は足音を忍ばせ、御殿へと近づいた。

庭には警護の侍の姿はない。御殿からも人の声はしない。これまでのように庭には煌々と篝火が焚かれ、大広間では盛大な宴が催されていることもない。公儀から差し向けられた刺客を用心してのことなのだろうが、それにしてもこの用心深さはどうだろう。あの鶴之助がひっそり大人しく引っ込んでいることに疑念を感じた。

すると、

「諏訪京四郎！」

と、大きな声が轟《とどろ》いた。

――しまった――

罠《わな》に落ちたようだ。

どういうからくりなのかはわからないが、自分がこの屋敷に潜入するのを待ち構えていたのだろう。お民は自分を誘うための人質なのかもしれない。そう思った時、濡れ縁に足音がばたばたと近づいて来た。宗念がいる。

「やはり来たな」

宗念は上から見下ろしている。

「お民を返してもらおう」

こうなったら単刀直入に問いただした。

「それはおまえの答え次第だ」

「何だ」

強い眼差しを向ける。

最早、宗念に遠慮した物言いをすることはない。

「明日の夏祭りで、なんとしても鶴之助さまをお守りするのだ」

「するとも。それがおれの役目だからな」

「恍けおって」

宗念は声を放って笑った。

「恍けてなどはおらん。鶴之助さま警護は鳥見役たるおれの役目だ」

当然の如く言い返す。

「おまえ、そんなことを申しながら、鶴之助さまのお命を狙っておるのだろう。正直に申せ。伊賀組、甲賀組、ひょっとして御庭番までもが差し向けられるのではないのか」

「御公儀のお考えなど知るはずがなかろう」

「本当に知らんのか今は問うまい。そんなことはどうでもいいことだ。とにかく、明日、鶴之助さまが御無事でお過ごしになられることが、お民が生き残る条件だ。そのためには、おまえは公儀の差し向けた刺客を倒さねばならん」

宗念が言った時、

「ははははっ！」

けたたましい笑い声が耳をつんざいた。鶴之助である。

「諏訪京四郎、愉快じゃ。余は愉快じゃ」

鶴之助は階を駆け下り、京四郎の前に立った。両目は充血し、まさしく狂気をはらんでいる。

「愉快じゃぞ」

鶴之助は右手で京四郎の肩をついた。京四郎は反撃に出たいという欲望をぐっと胸の中に仕舞う。

「余を狙った刺客が余を守る、これは愉快なことじゃ」

京四郎が黙って見返していると鶴之助は視線をそらし、

「あの女、おまえの女か」

京四郎は答えずにじっと見すえた。京四郎に殺気を感じたのか市岡が京四郎の背後に立つ。

「お民に危害を加えたのですか」

「安心せい。余はまだ手をつけておらん」

鶴之助の言葉の真偽を確かめようと思ったが、頭のいかれた男からは真実を導き出せるとは思えなかった。

宗念が、

「鶴之助さまが申される通りだ。お民は無事だ。だから、無事役目を果たしてみよ」

「それればかりではないぞ。おまえには褒美をやる」

鶴之助が言う。

「では、お聞かせください」

「何なりと聞くがよい」

「娘や仁平を殺したのは鶴之助さまですね」

「そうだ。いや、正確には娘三人を手にかけたのは余であるが、仁平とか申す男を殺したのは市岡」

「殺させたのはあなたさまですね」

京四郎は語調を強めた。

「そういうことじゃ。口封じが必要じゃからな」

鶴之助には悪びれた様子は微塵《みじん》もない。

「娘たちをどうしてあなたさまは殺すのですか。しかも、あのような惨い仕打ちをした上で」

「愉快だからな」

「愉快……。女を切り刻むことが愉快なのですか」

「おまえもやってみればよい。余の腕の中でもがき苦しむ女の顔を見れば、余の気持ちもわかろうというものだ。そして、骸と化した女の肌を血で以って辱めてやる。みな、余に抱かれることを望み、欲望の果てに命を落とした者どもばかり。そんな者どもが淫売でなくてなんであろう」

狂っている。

正真正銘の狂人だ。この暑いのに、背筋が凍るのを感じた。

「乳房を切るのはどうしてですか」

最早どうでもいい気がしたが、こうなったら、とことん確かめてやろう。

「淫売に対する罰じゃ。慎みを欠いた女は女ではない。よって、女ではないことをあの世に行っても知らしめてやろうということじゃ」

鶴之助は笑い声を上げた。ぞっとするような甲高い声だ。聞いたことはないが怪鳥《かいちょう》を思わせる。

「お民という女はどうであろうな。あ奴も淫売なのであろうか。褥を共にすればわかることだがな」

「指一本触れてはなりませんぞ」

京四郎は睨み据えた。最早、将軍御曹司に対する敬いも遠慮も一切ない。こいつは、絞殺魔、鬼畜にも劣る獣《けだもの》だ。

「おまえの指図は受けん」

鶴之助は両目を吊り上げた。それを無視し、

「指一本、触れたなら……」

視線を逸らすことなく詰め寄る。

「いかがする。下郎」

鶴之助は怒りの余り、手にしていた鞭《むち》を振り上げた。が、気が急《せ》いているのと、日頃武芸の鍛錬を怠っているせいか、身体の均衡を崩し、よろめいてしまった。

——よし——

咄嗟に鶴之助の腕を摑んでねじり上げた。一瞬の出来事で市岡も手を出せずにいる。

「無礼者！」

鶴之助が甲走った声を発する。市岡が抜刀した。陽光を受けた刃が煌《きら》めき、それが眩しいようで鶴之助の目がそらされた。

「刀を仕舞え」

京四郎が命じる。市岡が躊躇っていると、宗念が仕舞うよう命じた。市岡は唇を嚙み締めながら刀を鞘《さや》に戻した。

「お民の所に案内しろ」

京四郎は左手で鶴之助の腕をねじり上げながら、右手で大刀を抜くと、切っ先を鶴之助の喉笛に突き付けた。

「こんな真似をして無事で屋敷を出られると思うのか」

鶴之助の顔は痛さで歪んでいる。もっと苦しめたい。この程度の痛み、殺された者たちの苦しみに比べれば屁でもない。

「わたしの心配よりご自分の心配をなされませ。この刀が一寸《ちよつと》でも動けば、あなたさまのお命はございませんぞ」

「……」

鶴之助は言葉を引っ込めた。

「さあ、案内しろ」

言葉遣いも改めた。

「わかった」

鶴之助は舌打ちをすると歩き出した。市岡と警護の侍が二人を取り囲んだ。京四郎と鶴之助を中心とした輪がじりじりと庭を動いて行く。宗念もついて来た。

「何処だ」

声が苛立ちを示した。

「御殿の裏じゃ」

鶴之助に嘘を吐く余裕はないだろう。御殿に沿ってゆっくりとした歩みで裏手に回る。お民を救い出したらそれからどうする。いっそのこと、鶴之助の命を奪うか。明日の夏祭りを待つことはないのだ。そうすれば、役目は果たせる。

二

御殿の裏に到ったところで、

る。

「あそこじゃ」

鶴之助は顎《あご》をしゃくった。そこは、一見して数寄屋造りの茶室のような建物となってい

宗念が引き戸を開けた。

中は座敷牢のようになっていた。十畳くらいの座敷があり、格子《こうし》が嵌《は》め込まれている。出入り口にはしっかりと南京錠が掛けられていた。その中にお民はいた。

お民の視線と交わった。

「安堵《あんど》せい」

そう声を放つとお民はにっこり微笑んだ。その顔を見れば、安堵感がこみ上げる。

「鍵《かぎ》を開けるんだ」

京四郎が言う。鶴之助は黙り込んでいた。が、

「早くしろ」

責めたてると、

「開けろ」

鶴之助は市岡に命じた。市岡は宗念から鍵を受け取り南京錠を開けた。南京錠が音を立てて外れる。お民は駆け寄ると、戸を開けた。

「さあ、出てまいれ」

京四郎に誘《いざな》われるようにお民は表に出て来た。

「帰ろう」

京四郎はお民を従え、再び鶴之助を人質に裏門を目指した。築地塀に沿って市岡や宗念が金魚の糞のようについて来る。

裏門に到った。

と、そこで、

「ああ」

京四郎は足を取られた。足首に草がまとわりついている。よろめいてしまった隙に鶴之助の身体が離れる。市岡が素早く鶴之助の腕を引っ張った。鶴之助は市岡によって救い出された。同時に宗念がお民を抱き寄せた。お民は再び敵の手に落ちた。

「おのれ、諏訪」

鶴之助は猛《たけ》り狂った。倒れた京四郎の背中を何度も足蹴にする。痛みは己の迂闊《うかつ》さを表していた。

「貴様、殺してやる」

鶴之助はわめきたてた。

「殺せ」

京四郎はあぐらをかいた。

「市岡、刀を持て」

鶴之助は市岡を向く。市岡は即座に大刀を鶴之助に手渡した。鶴之助は大刀を抜き放った。そこへ、

「お助けください」

お民が悲痛な叫び声を上げた。

「黙れ、最早、勘弁《かんべん》ならぬ」

「殺せ」

京四郎は鶴之助を見上げた。鶴之助は大刀を頭上に振りかぶった。その時、

「殿、お待ちくだされ」

宗念が制した。

「なんじゃと」

鶴之助は憎々しげに顔を歪ませる。

「今、こ奴を殺すことはなりません」

「止めるか」

「恨み骨髄でございましょうが、ここはご辛抱《しんぼう》ください。こやつには利用価値があります」

宗念はあくまで冷静である。まずは、警護の侍たちにお民を元の座敷牢へと戻させた。お民は悲痛に頬を引き攣らせながら座敷牢へと戻って行った。

「殿、今、殿は公儀の犬どもに狙われております。こ奴に犬どもを始末させ、尚且《なおか》つ、鶴之助さま謀殺の陰謀を明らかにさせるのです」

「こいつに証言させるのか」

「公儀鳥見役の証言ということであれば、その信憑性《しんぴょうせい》も高まるというもの。さすれば、上さまとの面談にも弾みがつきます。上さまが認知されることに逆らう勢力も勢いを削《そ》がれましょう」

「なるほど、それは愉快じゃな」

頭に血が上った鶴之助といえど、それくらいの計算は立つようだ。

「ですから、ここは、諏訪を解き放ってやるが上策と存じます」

「残念だがな、まあ、よかろう」

鶴之助は殺せないとなれば途端に興味を失ったようで、刀を市岡に戻した。

「上さまから認知されれば、あとは恐《こわ》い物なしです。殿に手出しできるものはおりません」

「そうじゃのう。いっそのこと、譜代の大名家に養子入りして、老中にでもなってやろうか」

鶴之助は愉快そうだ。

冗談ではない。こんな男が幕政を担えばこの世は闇だ。鶴之助は愉快だと言いながら歩き去った。

「諏訪、残念だったな」

宗念が言った。

「ふん、いっそのこと殺されればよかったぞ」

「命は大事にするものじゃ」

「ほざけ」

京四郎は横を向いた。

「とにかくだ。今のことは座興と忘れてやる」

宗念は恩着せがましく言う。

「礼は言わぬ」

「とにかく、おまえ、役目をまっとうせよ。よいな」

夕陽《ゆうひ》を受け宗念の頭がつるりと光った。

「ならば、去れ」

宗念に言われ京四郎は裏門を出た。敗北感と屈辱で胸が塞がれた。とんだしくじりをしたものだ。事態は一層悪化してしまった。責任は己にある。自分をいくら責めたところで責め足りない。

とにかく、弁天屋へと急いだ。

店でお蔦が一人で忙しそうに働いている。客たちはお民がいないことに不審感を持っているようだが、お蔦は風邪だと誤魔化《ごまか》していた。一通り客が片付いたところで、お蔦がやって来た。どう説明しようか。考えあぐねてしまう。正直に話せば、お蔦をかえって心配させることになる。

「見つからん」

とりあえずそんなことを言ってしまった。

お蔦の顔が曇る。

そこへ木村丈太郎が入って来た。肩に担いでいた竹籠を下ろすと、木村はにこやかに近づいて来て、

「また、玉子焼きを食べたくなったのですよ」

などと呑気な口調で言った。それから店の中を見回し、

「おや、昨晩の娘、今日はいないのですか」

さすがに木村もお民が鶴之助屋敷にさらわれたことまでは摑んでいないのだろうか。

「そうだな。そういえば、見かけん。風邪でもひいたのだろう」

惚けたところで、

「あかん、見つからん」

団九郎が暖簾を潜って入って来た。為左衛門と二人大汗をかきながら京四郎の前に座った。それから、

「王子稲荷や装束榎の方を探したんですが、見つかりまへん」

為左衛門も、

「わからねえです」

と、申し訳なさそうに頭を下げるばかりである。

「おや、見つからないっていうのは」

木村が興味を示した。京四郎は口止めしようとして、団九郎に目配せをしたが、団九郎には通じなかったようで、

「ゆんべ、ここにいてたでしょう。別嬪で。あんさん、玉子焼きがえろう美味いて、言うてはったやないですか」

「ああ、あの娘……。行方が知れないのですか」

木村の目が尖った。明らかに京四郎を責めている。

「そうでんがな。今、騒いでる絞殺魔の仕業やないとええのやが」

団九郎は盛んに心配だと連発した。

「それはまた、心配なことです」

「そや。あんたも、帰りにでも気をつけておくれな」

「それはもう。役には立ちませんけど、あんないいお人をさらうなど、絶対に許せませんからね」

木村はさも心配するかのように言うと、そそくさと腰を上げた。

「なんや、もう、帰るのかいな」

「玉子焼きを食べに来たのですが。ま、次回ということで」

木村は鶴之助屋敷の様子を見に行くのではないか。

「そや、わてらもこうしてられへんがな」

団九郎も一休みをしてから為左衛門を伴い店を出て行った。京四郎も居たたまれない。

お民の居場所はわかっているのだが、店の中でのんびりとしてもいられない。お蔦に声をかけることもなく、店を出た。予想できたことだが、木村が待っていた。

「あの娘……」

「お民という」

「お民、鶴之助さまの屋敷にさらわれたのではないか」

「さてな」

「そうであろう」

「だったらどうする」

木村に隠し立てはできまい。

「ひょっとして、お民のことを憎からず思っておるのではないか」

木村は視線を凝らす。

「おまえには関係ない」

「そうかな」

木村はニヤリとした。

三

「お主、役目を忘れてはおらんだろうな」

「むろんだ」

「果たしてそうかな。お民を人質に取られて鶴之助さまを仕留めることできるのか」

木村は意地悪く顔を突き出した。

「役目に私情を挟むことはない」

「お主、情にもろいのではないか」

木村は頭から疑ってかかっている。

「お主はどうするのだ。おれのこと、疑うのか」

「疑いたくもなるというものだ。ともかく、おれはおまえから目を離さない。そうだ、いっそのこと、これから鶴之助さまの屋敷に潜入し、お民のことを奪還すると同時に鶴之助さまを仕留めたらどうだ」

まさにそれをしようとして失敗したのだとは言えない。そんなことを言えば、木村の疑念を深めるだけである。

「どうなのだ」

木村の物言いは挑発的になった。

「迂闊《うかつ》な動きは慎む」

「しかしなあ、愛《いと》おしい女が鬼畜の如き鶴之助さまの手にかかるかもしれぬのだぞ。なんなら、おれも手を貸そうか」

本気とも冗談ともつかない。心の奥底では一体、何を考えているというのだろう。

「いらぬ」

「遠慮するな。鶴之助さまを仕留めた手柄はおまえが取ればよい」

「何が狙いだ」

ここで視線を凝らす。

「決まっておろう。おれはあの鬼畜の如き鶴之助さまさえ、この世からいなくなればいいのだ」

「それにしても、おれに肩入れをするのはどうしたことだ」

「お前のことを好きになった」

「玉子焼きとどっちが好きだ」

「おまえだ」

木村は大真面目である。

「ふん、冗談はよせ」

「冗談じゃないさ。おまえに肩入れをして鶴之助さまを仕留め、お民を奪還することができれば、また、美味い玉子焼きを食べることができるからな」

なんだ、結局は玉子焼きか。

一体、この男の頭の中はどうなっているのだ。どこまでが冗談でどこからが本気なのか。それとも、京四郎のことを翻弄《ほんろう》し、それ自体を楽しんでいるのだろうか。役目を楽しむ。この男はそういう趣味があるのかもしれない。ひねた男である。どうにも虫が好かない。

だが、この男を敵に回すことは得策ではない。

「気持ちだけ頂く。だが、おれは、鶴之助屋敷へは行かん」

「悔いることにならなければいいがな」

木村はそれ以上は立ち入ろうとはしなかった。

「では、明日」

京四郎の呼びかけに応じることなく、木村は急ぎ足で闇に消えた。お蔦が暖簾を取り込むために外に出て来た。

「どうしよう」

お蔦はすっかり意気消沈している。無理もない。娘同然に接してきたのだ。お民もこの地での暮らしに馴染み、ここで生涯を終えることすら思い描いている。

「実は会ってきたのです」

そう言うと、お蔦の顔は驚きと共に、戸惑いに彩られた。それから、どうして連れ帰らないのだという疑問を目に込めていた。

「鶴之助さまの御屋敷におります」

「そ、そんな。鶴之助さまって……。公方さまの……。どうして、お民ちゃんが」

お蔦が混乱しているのは無理からぬことだ。

「無事です」

「無事って、おまえ」

お蔦は声を震わせた。

「無事なのです」

繰り返したところで、

「おまえ、どうして、そのことを」

これは却《かえ》ってお蔦の疑念を深めてしまったようだ。思わず黙り込んでいるとお蔦の疑念は不審へと変わっていくのがわかる。

「絞殺魔、実は鶴之助さまなんだよ」

「そんな、まさか、いや、まさかじゃないね……。そんなこと冗談で言えるものではないものね。それで、お民ちゃんは……」

お蔦は声を潜めた。

「さらわれ、閉じ込められているが、無事だ。危害は加えられていない」

「でも、お民ちゃんだって、殺された娘たちみたいな目に遭うんじゃないのかい」

「そうはさせない」

そう言うしかない。

「でも、相手は公方さまの御曹司だよ」

「相手が誰であろうとそんなことはさせない。詳しいことは話せないが、きっと、助け出す」

「きっとかい」

「ああ、きっとだ」

京四郎は力強く言うと、立ち去った。背中にお蔦の強い眼差しを感じた。

十三日の朝を迎えた。

ひとまず京太郎の屋敷に顔を出した。京太郎は忙しげに庄屋たちと面談をしている。準備に手抜かりがないかを確認しているところだ。

そこへ、小野寺隠岐守がやって来た。

庄屋たちが挨拶をしてそそくさと出て行ってから、京四郎を交えて、話し合いが行われた。

「いよいよ今日だ」

小野寺が言うと、

「万事抜かりなく準備を整えております」

京太郎が答えた。

「その方の申すことじゃ。抜かりはないと思うが」

小野寺は視線を向けてきた。

「間違いなく」

京四郎も答える。

「しくじることは許されぬぞ」

小野寺は強調した。

「わかっております」

返事をしたものの、その言葉に力が入らない。

「ま、今日の夏祭りで事が決するかどうかわかるというものだ」

「では、わたしはこれで」

京四郎は会場の下見があると京太郎の屋敷を辞去した。


飛鳥山へとやって来た。

紅白の幕が張り巡らされ、会場の準備は整っている。そこへ、風呂敷包みを背負った行商人風の男が近づいて来た。伊賀組の駿河源蔵である。一瞬身構えてから、

「今日だな」

と、声をかける。

「ずいぶんと仰々しい催しになったものですな」

駿河は茶店の縁台に腰を下ろした。

「遠慮はせんぞ」

「わたしとて、今更、貴殿に手を引くようお願いする気はござらん」

駿河はおもむろに横笛を取り出す。それを空目がけてふっと吹いた。真っ白に光る入道雲に矢が吸い込まれた。

次の瞬間には燕《つばめ》がぱったりと落ちてきた。

「吹き矢か」

京四郎は感心したように声をかける。それには答えず駿河はさっと風呂敷包みを背負う。

「貴殿は鶴之助さまのお側で警護の任に就くのであろう」

「それが役目だからな」

「ご健闘を祈る」

余裕からか、駿河は言うと足早に立ち去った。そこへ、団九郎と為左衛門がやって来た。

二人とも汗をかきかき、

「見つかりまへんがな」

「大変ですだ」

二人は同時に声を発した。

「お民は大丈夫だ」

「ほんまでっか」

団九郎は信じられないような顔つきとなっている。

「ともかく、無事だ」

妙な説得の仕方をするしかない。

「ほんでもなあ」

信じられないように団九郎と為左衛門はお互いの顔を見合わせた。

「おまえたち、今日は晴れの舞台ではないか。ならば、今日のことに全力を尽くすがいいぞ」

「それもそうやが」

「お民のことは心配するな。おれが必ず無事に取り戻してやる」

自信たっぷりに胸を張って見せた。

そこへ、弥助もやって来た。弥助はちらっと京四郎に視線を向けてくる。京四郎はそれを思わせぶりな笑みで返すと、

「晴れてよかったな」

と、青空を見上げた。

四

夕七つ（午後四時）となって夏祭り会場には続々と村人が詰めかけて来た。櫓には何人かの若者が上がり、威勢よく太鼓を打ち鳴らし始めた。飛鳥山の木々の間に綱が張られ、

数多《あまた》の提灯が吊るされている。

遠く茜に染まった富士の山影がくっきりと浮かんでいるのが、夏祭りへの何よりの彩りを添えていた。

みな、明るい顔で踊り出した。中には若い娘たちの姿も見受けられる。絞殺魔により、家に閉じこもっていたことへの不満があるのだろう。みな、憂さを晴らすかのような楽しさを全身で表している。

それを見ていると複雑な気持ちになった。そこへ、京太郎が桟敷席の前に立つ。太鼓が止んだ。庄屋たちが踊りを止めるように声を張り上げる。ざわめきが小波《さざなみ》のように静かになってゆく。

京太郎は心持ち緊張を帯びた表情で、

「本日は畏れ多くも公方さま御曹司松平鶴之助さまご主催の夏祭りじゃ。みな、存分に楽しめ」

誰からともなく歓声が上がる。その歓声を縫うようにして宗念が近づいて来た。京四郎の側に駆け寄ると、

「抜かりないな」

と、囁いた。

「そっちこそ、お民に指一本触れておらぬだろうな」

「むろんだ。但《ただ》し、万が一にでも、鶴之助さまに危害が加えられれば、直《ただ》ちにお民の命は奪われるものと思え」

宗念の表情は極めて穏やかなため、傍目《はため》には和やかな談笑としか見えない。

「承知。だがな、おればかり頼っておっていいのか」

宗念は静かにこちらに顔を向けてくる。

「おまえも、承知のように、御公儀は刺客を放たれておるのだ。おれ一人でそれら刺客を食い止めることできると思うか」

「おまえの腕を信用しておる」

「お民を人質に取っておれば、万全と申すか」

「勘定奉行小野寺隠岐守が手の者を連れ、鶴之助さまをお守りくださる。小野寺は鶴之助さまを己が出世の道具と考えておるご仁だからな。掌中《しょうちゅう》の珠《たま》を必死で守ろうとするはずだ」

宗念の言葉を否定する気にはならない。そう思うのなら、思わせておいた方がいい。小野寺がまさか鶴之助を切り捨てるとは思っていないのだろう。それこそがまさしく隙であった。

やがて、

「鶴之助さま、御成り」

と、いう声がした。

京太郎が庄屋たちを督励する。みな、緊張の面持《おもも》ちで村人たちを静めて回った。駕籠が来る。先頭に小野寺がいた。陣笠を被り、この暑いのに火事羽織に野袴で陣頭指揮に当たっている。駕籠の周囲を固めるのは市岡をはじめ鶴之助屋敷に詰めている者たちだ。どやどやと騒がしくなったと思うと、大勢の武士がなだれ込むようにして会場にやって来た。物々しい空気が流れ、一時は騒然となったが、

「落ち着け」

と、京太郎が督励するに及び、村人たちは落ち着きを取り戻した。

「鶴之助さまである」

小野寺は大きな声を発すると、自ら駕籠の引き戸を開けた。村人たちは固唾《かたず》を呑んで見守っている。鶴之助が現れた。派手な小紋の小袖に錦の袴、扇子《せんす》を広げてにこやかな顔ですっくと立った。京太郎が、

「頭《ず》が高い」

と、叫ぶ。

みな、その場で平伏した。

京四郎は団九郎たちに混じって鶴之助を見た。

「へへい」

団九郎は素直に両手をついた。為左衛門も弥助も畏《かしこ》まっている。

「苦しゅうない。今宵は無礼講ぞ」

鶴之助が鷹揚に言う。それでも、京太郎は頭を上げない。見かねたように小野寺が、

「よい、みな、楽に致せとの鶴之助さまの思し召《おぼめ》しじゃ」

と、声をかける。それを聞いてから京太郎は立ち上がり、

「みな、踊りを続けよ」

と、大声で呼ばわった。

櫓太鼓が再び打ち鳴らされ、笛の音《ね》も混じっている。京四郎は、

「しっかりな」

と、団九郎たちに声をかけてから会場に紛れた。櫓の上を見ると、駿河源蔵がしっかりと横笛を奏でていた。一瞬だけ京四郎と視線が交わる。京四郎は表情を変えることなく、桟敷席に歩いて行った。

桟敷席は天井と板壁で覆われた建屋《たてや》となっている。鶴之助には特別に檜で造られ、床に

は畳が三畳敷かれ座布団が据えられていた。畳敷きの背後は板敷きが剝き出しとなった空間がある。

鶴之助が座した桟敷席から五間《けん》ほど隔てて小野寺と京太郎と宗念が座る桟敷席があった。二つの桟敷席の周りは小野寺配下の侍たちで固めている。京四郎は小野寺の指示で鶴之助の背後の板敷きに身を潜めた。

しばらくは飲み食いが続いた。

鶴之助は鷹揚に飲み食いをしているが、その視線は若い娘を追っている。まさしく、獲物を狙う野獣のようだ。

酒が進んだところで、

「諏訪」

唐突に鶴之助が振り返った。

「はい」

仕方なく返事をする。

「杯を取らす」

いかにこの場とても、お民を人質に取られていたとしても、鶴之助の酒などは飲みたくはない。

「お役目中でございます」

そう無難な断りを入れた。

「堅いことを申すな」

鶴之助は既に酔眼である。

「わたしには鶴之助さまのお命をお守りせねばなりません」

「ほう、余とお民の命がかかっておるからのう」

鶴之助は怪鳥のような笑い声を上げた。

ここで、京太郎が鶴之助の面前に出た。

「畏れながら、これより、飛鳥山で芸道に精進しております者どもの日頃の修練の成果を是非とも鶴之助さまにご披露申し上げたいと存じます」

と、言った。

「うむ、苦しゅうない」

鶴之助は大して期待を寄せていないことは明らかだ。それでも、京太郎はありがとうございます、と畏まって下がった。

「大道芸など、つまらんものを」

鶴之助の本音が出た。

「まあ、鶴之助さま。ここは飛鳥山周辺の者どもを慰撫《いぶ》する場でもございますので」

「ふん、よかろう」

生返事をすると鶴之助の目は娘たちを追った。

やがて、桟敷席の前に用意された舞台に団九郎と為左衛門が立った。団九郎はいつものように、右は塩冶判官、左は大星由良助という格好、為左衛門は回し一つであった。

「なんじゃ、あの珍妙な男は」

鶴之助は小野寺に聞いた。ところが、小野寺も一人芝居など見たことがないのだろう。戸惑いの余り、

「さて……」

口を閉ざしてしまった。

「わけのわからぬ者など退席させよ」

たちまちにして不機嫌になった。堪らず、京四郎が、

「あれは、中々の芸でございます」

「あれが芸か。珍妙な物の怪《もののけ》のような男がか」

「一人芝居と申して、一人で二役を行います」

簡単に説明を行った。すると、

「それは面白いではないか。一人で判官切腹の場を行うとは楽しみな」

小野寺が言う。

「そうか」

鶴之助は興味がなさそうだ。

「同様に左の者は一人で相撲の呼び出しから勝ち名乗りまでを行います」

「ほう、これもまた面白そうじゃ」

小野寺はすっかり楽しんでいる。鶴之助は乗り気ではなかったが、

「この後、舞台には若い娘ばかりを上げ、踊りを披露させますので」

と、小野寺が言葉を添えると鶴之助の目は輝いた。

「なるほど、よき、露払いになるというものじゃな」

「さようにございます。あのようにむさい者どもを見た後となれば、娘たちの可憐さが引き立つというもので」

「いかにも」

まったく、団九郎と為左衛門が聞いたらさぞやがっくりとなるだろうが、知らぬが仏である。

「気張れ」

鶴之助は扇子を持って立ち上がった。

団九郎は顔を輝かせている。

まずは、為左衛門が一人相撲を披露した。会場からはぱらぱらとした拍手が起こるだけだ。みな、二人の後に予定されている娘たちの踊りに気が行っているのだ。

為左衛門の後、団九郎が舞台に上がった。得意の「仮名手本忠臣蔵」四段目、判官切腹の場を熱演したが、為左衛門にも増して不評である。拍手がまばらどころか、

「引っ込め」

「下手くそ」

などという罵声《ばせい》を浴びせられる始末だった。団九郎は悔しげに顔を歪ませ、

「ほんま、芝居心のない連中ばっかや」

と、吐き捨てた。

五

二人の芸が終わった。

鶴之助はいかにもつまらなそうに欠伸を連発していたが、団九郎が芸を終えたのを見て

ほっと安堵したような顔をした。

「あの者たちに褒美を取らせてやってください」

二人が気の毒で京四郎が言った。

「よし」

鶴之助は紙包みを持って桟敷席の前に出た。それを無造作に放り投げる。いかにも、鶴之助らしい人を人とも思わない傍若無人ぶりだ。だが、鶴之助のやる気のない投げやりな放り方では舞台に届くはずがなく、桟敷席と舞台の間にぽとんと落ちた。団九郎が、

「ありがとうございます」

と、気合いを入れて舞台からおりようとしたのを、

「師匠、わたしが行きますだ」

と、弥助が腰を屈めおひねりを拾おうと進んだ。

――やるか――

京四郎は弥助が鶴之助を狙っているのがわかった。

どうする。

ここで弥助を仕留めるか。見過ごしにしていたのでは鶴之助はやられるだろう。一瞬の躊躇《ちゅうちょ》が命取りとなる。

「鶴之助さま」

京四郎は鶴之助の襟首を掴むと、引き倒した。

同時に弥助の右手から放たれた手裏剣が背後の壁に突き刺さった。次の瞬間には二発目を放とうという弥助が右手を上げた。と、そこで弥助はぱったりと倒れた。

ここに到って警護の侍たちが桟敷席の前を固めた。会場が騒然となる。団九郎と為左衛門は宗念に、

「この者ども、怪しげじゃ」

と、追及を受ける。

「そんな、わてら知りまへんがな」

団九郎の必死の嘆願も虚《むな》しく為左衛門共々、舞台から引き立てられた。

場内は騒然となった。京四郎は弥助の亡骸を調べた。襟首に針が突き立っている。

駿河源蔵の仕業であろう。

駿河め、弥助に討たせまいと毒針を吹いたのだ。櫓からであろう。つくづく、虚しくなる。鶴之助という獲物を仕留めようと鵜の目鷹の目なのだ。

「今日は中止なさっては」

小野寺が言う。

「馬鹿な」

鶴之助は拒んだ。

「しかし、このような危ない目に鶴之助さまを遭わせることできませぬ」

「かまわぬ。せっかく民が楽しんでおるのじゃ」

要するにこれから娘たちが舞台に上がるのだ。それを見ずして帰る気はないということだろう。つくづく、鶴之助の好色ぶりには呆れるほどだ。その好色によって身を滅ぼすことになるのではないのか。もちろん、鶴之助本人にはそんな気持ちはさらさらないようだ。

小野寺も内心ではこのまま夏祭りが続くことを望んでいる。

いや、ここで中止されては鶴之助暗殺を実行することはできないのだ。

「民のためでございますな」

「そうじゃ。危険などおまえたちがしかと余を守れば、何ら危うきことなどあろう。のう、諏訪」

鶴之助に目を向けられ、

「いかにも」

そう返事をするしかなかった。

「さあ、続けよ」

鶴之助は平然と言う。

「承知致しました」

小野寺は京太郎を呼んだ。京太郎は全速力で走り寄る。

「直ちに、再開せよ」

小野寺に命じられ、京太郎は戸惑いの表情を浮かべていたが承知しましたと、庄屋たちに指示をし、大会が続けられる旨、布達をした。

舞台には娘たちが十人ばかり上がった。櫓太鼓が打ち鳴らされる。京四郎は櫓を凝視《ぎょうし》した。駿河が素知らぬ顔をして横笛を吹いている。

――やるか――

駿河から目をそらすことができない。ここでふと思った。

木村はどうした。

この会場の何処かに木村がいるはずだ。人込みに紛れているのだろうが、姿が見つからない。あいつのことだ、抜かりなくこの場に潜んでいるに違いない。つくづく不気味な男である。

なんだかんだ言いながら実は鶴之助の命を狙っているのではないか。

第六章　真の役目

一

公儀御庭番木村丈太郎の所在が摑めない。

それが京四郎にはなんとも不気味である。あの男が鶴之助暗殺の場にいないはずはない。きっと、何処かで息を潜めているに違いない。鶴之助の席から動くことができないのがもどかしい。今はとにかく櫓の上に注意を向けよう。そう、駿河源蔵を見張るのだ。

駿河がいつ吹き矢を使うか。

櫓の上からでは桟敷席までは遠すぎる。矢は届かないだろう。ならば、駿河が櫓の上にいる限り、鶴之助は無事ということか。ところが、当の鶴之助は身に危険が迫っているというのに、目は舞台に釘付けとなっている。両の目を爛々《らんらん》と輝かせ、身を乗り出して見入っていた。

――この馬鹿が――

こんな男を守らなければならないのかと思うと情けなくなる。思わず顔をしかめたところで、京太郎が傍《かたわ》らにやって来た。京四郎に外へ出るよう目配せをする。京四郎は持ち場を離れることの不安を思ったが、櫓の上の駿河に目立った動きはなく、駿河が櫓にいる限りは心配なかろうと、

「ちょっと、失礼致します」

背後から鶴之助に声をかけた。京四郎と京太郎の動きに宗念が疑念の籠った目を向けてきたが、

「苦しゅうない」

答えるのももどかしげな鶴之助の許可を受けて桟敷席から外に出た。もちろん、櫓の上への注意を怠ることはない。櫓を見上げながら、

「どうしたのですか」

わざと不機嫌に問いかける。

「こっちが聞きたいところだ」

京太郎の目は舞台に注がれているものの、可憐な浴衣《ゆかた》姿で踊る娘たちに気を取られているのではなく、あくまで神経は京四郎に向いていた。京四郎が返事をしないでいると、

「標的を目の前にしながら、手をこまねいておるとは何事ぞ」

京太郎は早口に言った。

お民のことは言えない。鶴之助が死ねば、お民も命を落とす。まさしく、役目に私情を挟んでいるのだ。

「どうなのだ」

つい、京太郎は京四郎に視線を向けた。が、慌てて舞台に視線を戻すと自らの足で京四郎の足首を蹴った。

「機会を窺っておるのです」

「窺っておるうちに、逸してしまうぞ」

「そうはさせません」

「現に、何者かは知らんが、先を越されるところであったではないか」

「あの者、仕留め損なったのですからかまわぬではありませんか」

「まだ、飛鳥山には鶴之助さまを狙う刺客がおる」

京太郎の声は苛立ちを帯びている。早く役目を遂行せよという思いで一杯なのだろう。

「これを使え」

京太郎はそっと右手を出した。小さく折り畳んだ紙包みがある。毒薬のようだ。

「鶴之助さまの身近に侍るおまえならできる」

「石見銀山《いわみぎんざん》ですか」

京太郎は舞台を見たままわずかに首を縦に振った。

「毒を盛ったとあれば、騒ぎが大きくなりますぞ」

「後のことは小野寺さまが始末をなさる」

飛鳥山は混乱に陥るだろう。その混乱を小野寺がどう鎮めるのかわからないが、まずは、鶴之助の命を奪うことが急務ということだ。だが、毒を盛るとなると、実際問題難しい。京太郎は知る由もないが、京四郎は鶴之助当人はもちろん、宗念や市岡たちに疑いの目をもって見られている。

毒を盛る素振り、たとえば、鶴之助が飲む蒔絵銚子の中に混入させようとしたなら、即座に気づかれる。毒殺など到底できるものではない。

「わかったか」

京太郎が念押しをしてきた。

「承知致しました」

そう答えなければ、この場は収まらない。と、そこへ宗念が近づいて来た。京四郎は身構えたが、京太郎はいささかも動じることなく、笑みすらたたえた。

「鶴之助さま、お楽しみ頂いておられますか」

「それはもう」

宗念もにこやかに返す。

「先ほどは思いもかけぬ不届き者が出現致し、面目《めんぼく》ございませぬ」

「なんの、警護のみなさま方がしっかりと御役目を果たされたので、事なきを得ました。引き続き、よろしくお願い致す」

「お任せください」

京太郎が軽く頭を下げたところで宗念は、

「京四郎殿が側におられる限り、鬼に金棒でございます」

と、笑い声を上げた。

「では、わたしは」

京四郎は鶴之助のいる桟敷席へと戻って行った。

刻限は暮れ六つ(午後六時)を過ぎ、会場を夕闇が包み込んでいる。

「あの娘とあの娘じゃ」

京四郎の顔を見るなり、鶴之助が言った。舞台に視線を向けたまま、気に入った娘を指差している。それを聞き流し、背後に座ろうとしたのを、

「おまえはどう思う」

などと呑気に尋ねてくる。

「さて、どうでございましょう」

曖昧に言葉を濁すと、

「おまえはあの娘にしか興味ないのか」

鶴之助はそれが不思議でならないようだ。自分の命が狙われているというのに、好色さを失わない鶴之助に嫌悪《けんお》と共に薄気味の悪さを感じた。

娘たちが踊りを終え、舞台を下りようとした。

「そこな、娘」

鶴之助が声をかけた。

だが、櫓で演奏される太鼓と笛の音により、それがかき消された。

鶴之助は不機嫌に顔を歪め、

「うるさい」

櫓を見上げ邪険に声を放った。だが、演奏に夢中になっているため、手を止めようとはしない。その内にも娘たちは立ち去ろうとした。物色した娘に去られるのが我慢できないのだろう。鶴之助は桟敷席から身を乗り出した。

櫓を見上げると、駿河は横笛を吹く手を止めていた。

反射的に京四郎の身体が反応した。

前方に飛び出し、鶴之助の襟を摑んで引き寄せる。鶴之助は奇声を発しながら桟敷席の中に仰向《あおむ》けにひっくり返った。

京四郎は鶴之助と入れ替わるようにして表に飛び出ると懐から餅を取り出し、駿河目がけて投げつけた。

餅は一直線に飛び駿河の笛に命中した。笛は弾け飛び、地べたへ落ちる。

取りあえず、危機は去った。

日は落ち、夜の帳《とばり》が下りていた。

鶴之助の命を助けてしまったという後悔も胸を突いた。

ところが、安堵したのも束《つか》の間《ま》……。

駿河は櫓から身を躍らせた。駿河の身体は弧を描き鶴之助の桟敷席へと飛んでくる。

——無謀だ——

あの高さから飛んではいかに忍びの技量を身に着けていようと無事ではすまない。

そう思ったと同時に駿河の身体が炎に包まれた。暗闇に鮮やかな火の玉となっている。

着物に油を染みこませていたようだ。

「しまった」

と、京四郎が声を漏らした時には、火の玉と化した駿河が桟敷席へと落ちた。瞬時にして桟敷席に火が燃え移る。あっという間に桟敷席がすっぽり炎に包まれた。

夜空を焦がす火炎は妖しいまでの美しさをたたえた。それは、妹の仇を討たんとする駿河源蔵の執念の業火である。

周囲から騒然たる悲鳴が上がる。

「火を消せ！」

宗念が市岡たちを叱咤した。しかし、火柱と化した桟敷を黒煙が蛇のとぐろのように取り巻き、火の粉《こ》が降り注いできて、何人《なんぴと》の侵入も拒んでいる。

「諏訪、早くせい」

宗念に着物の袖を引かれた。

「無理ですな」

冷静に言う。

「なんじゃと」

宗念は怒りで顔をどす黒く歪ませた。だが、いかに宗念が喚こうが、燃え盛る火の中にある鶴之助を助けられるものではない。

「ひえ！」

鶴之助の断末魔の悲鳴が聞こえたが、それはすぐに弱々しいものになり、程なくして途絶えてしまった。

市岡も為《な》す術《すべ》もなく呆然《ぼうぜん》と立ち尽くしていた。

京太郎は驚愕《きょうがく》の表情を浮かべながらも村人たちに飛鳥山から避難するよう指示をして回った。

「殿、殿！」

宗念はうつろな目で桟敷席へと歩を進めたが、炎に煽《あお》られ動きを止められた。

「諦《あきら》めろ」

京四郎は冷然と告げた。

桟敷席の天井が崩れた。黒煙の中に薄《うっす》らと二体の焼け焦げた死体が浮かんだ。一人は駿河源蔵、もう一人は確かめるまでもなく松平鶴之助とわかった。

黒焦げの骸と化した鶴之助はまさしく地獄の業火に焼かれたのだった。

「おのれ、よくも」

宗念は怒りの目を向けてくる。

「伊賀組の者だ。鶴之助さまの御屋敷で自爆した女忍びの兄なのだ。見事、役目と妹の恨みを晴らしたということだな」

「貴様、よくもそんなことが言えたものだな。では、伊賀組の者が櫓にいることを知りながら知らぬ振りをしておったのか」

「知らぬ振りではない。あ奴は吹き矢を使っておった。吹き矢の用心は怠ることはなかった」

京四郎は桟敷席から飛び出した鶴之助が吹き矢で狙われたのを間一髪助けたことを言ったが、自分でもそれは言い訳を並べている気がした。

二

苦いものが込み上げる。

鶴之助が目の前で仕留められたことの悔しさというよりは、駿河にしてやられたという、裏御用を担う者としての敗北感に浸ってしまったのだ。

「吹き矢を防いで安心するとは、抜かっておるにも程がある」

宗念は悔しげに歯嚙みをした。

「何を申しても後の祭りだ」

「よくもそんなことが言えたものだな」

「責めたくば責めよ」

京四郎は突き放した言い方をした。

「おまえ、そんな達観しておる場合ではないぞ。よもや忘れておらぬだろうな」

胸が痛んだ。

この惨状は時を経ずして、宗念によって鶴之助屋敷へ知らされるだろう。そうなれば、お民の命はない。

「鶴之助さまが亡くなった今、罪もない娘の命を奪って何になろう」

京四郎は険しい目で宗念を睨む。

「自分の失態を棚に上げ、ずいぶんと都合のいいことを申すではないか」

宗念は憤怒《ふんぬ》の形相だ。

「おれを殺して気がすむのなら殺せ」

「おまえを殺して何になる」

「ならば、お民の命を奪うことも無益なことだ」

「そうくるか。だがあの娘には死んでもらう」

宗念は腹の底から振り絞った。

京四郎は無理に表情を緩めた。なんとしても宗念を説得せねばならない。お民を殺させてはならない。

「恨みを晴らすより己の身を考えたらどうだ」

諭すように問いかける。

「なんだと」

宗念の顔に動揺が走った。

「この先どうするのだ。頼みの鶴之助さまはこの世の人ではない。鶴之助さまがお亡くなりになり、おまえや根来組の処遇はどうなると思う」

「それは……」

宗念の視線が彷徨《さまよ》う。

「畏れ多くも、公方さまの御落胤をお守りする役目、おまえは見事に失敗したのだ。おれも失敗だが、おれは覚悟を決めている。おまえはどうなのだ」

「おれだって武士の端くれだ」

僧侶に扮した宗念が言うのはおかしな話だが、その矛盾を今の宗念は顧みるゆとりがないようだ。

「生き残りたいとは思わぬか。しかも、褒美に与《あずか》れるのだ」

思わせぶりな笑みを送る。

「どういうことだ」

宗念は明らかに欲が出始めた。

「鶴之助さまの乱行振り、目に余ることに頭を悩ませていた。ついてはどうしたものかと、諏訪京四郎に相談を持ちかけた……」

「すると……」

宗念の目が輝く。

「すると、諏訪京四郎が鶴之助さま暗殺の密命を帯びていることがわかった。ついては、暗殺のために手助けを持ちかけられた。そこで、自分は鶴之助さまの好色を利用し、夏祭りを催すことを考え、暗殺の場を設けた。ついては、諏訪京四郎が鶴之助さまを仕留めやすいよう、桟敷席の側近く侍ることまでを手配した。と、まあ、こんな風に小野寺さまに申し上げたらどうだ」

自分でも驚くほどの口から出任せが飛び出した。

「なるほど、これまでの企てを逆手《さかて》に取るのだな」

宗念も乗せられたようだ。

「そういうことだ」

「しかし、それで、小野寺さまはわかってくださろうか」

「わかってくださるどころか、お誉《ほ》めくださる。褒美も出るであろう」

「小野寺さまは鶴之助さまの後見役じゃぞ」

宗念の目が探るように凝らされた。

「それがそうでもない。小野寺さまは鶴之助さまに手を焼かれ、実のところ、鶴之助さまのお命を奪うことを考えておられた。何を隠そう、おれはこの件を小野寺さまに命じられたのだ」

「なんと」

宗念の双眸《そうぼう》は驚愕に大きく見開かれた。

「まことだ。だから、おまえが、おれの手助けをしたということがわかれば、小野寺さまはおまえを遇するというわけだ。どうだ。鶴之助さまに忠義立てすることはあるまい」

強めに語りかけた。

「そうじゃのう」

宗念は思案するように腕を組んだ。

「考えるまでもなかろう。自分の身を、根来組の将来を考えよ」

「おためごかしを申しおって」

宗念は舌打ちをした。

「いかにもおためごかしだ。正直申して、お民を失いたくはない。だがな、おれの策に乗らん手はないと思うぞ」

「………」

しばし思案の後、

「わかった。おまえに乗る」

宗念は小さくうなずいた。

そこへ、折よく小野寺が京太郎を従えてやって来た。飛鳥山からは村人たちが去り、小野寺配下の侍たちと市岡以下、鶴之助警護の侍たちを残すばかりとなっている。

火は消し止められ、鶴之助と駿河の焼死体には筵が掛けられていた。舞台や櫓、桟敷席に人気《ひとけ》はなく、祭りの後の寂しさを物語っている。

「京四郎、でかした」

小野寺は京四郎を見て頬を緩ませた。京四郎は片膝をついた。小野寺の視線が宗念に向けられた。宗念は地べたに平伏し、

「鶴之助さまをお守りすることできず、面目次第もございません」

と、声を張り上げた。

「うむ」

小野寺がうなずいたところで、

「実は、宗念殿はわたしの手助けをしてくださったのです」

京四郎は宗念を促した。宗念は小野寺を見上げながら、京四郎の作り話を語った。宗念が語り終えたところで小野寺は京四郎を見た。

「いかにも、宗念殿の申される通りにございます」

口裏を合わせた。

「しかと左様か」

自分に念押しをされたのだと思ったが、小野寺は京太郎に問いかけていた。京太郎は表情を消し、

「今回の一件、京四郎に一任しておりました。実際に行うのは京四郎でございますので、細々《こまごま》とした策は京四郎が立て、わたしは口出しせぬ方がよかろうと……」

いかにも京太郎らしい自分に面倒なことが降りかからないような物言いである。

「そうか」

小野寺は宗念を見る。宗念は引き攣《つ》った笑顔で小野寺を見返した。

「なるほどのう。それでは、こたびの一件、そなたにも功があるということじゃな」

「功と呼べるほどではございませんが、微力ながら、諏訪殿のお役に立てたものと」

宗念は遠慮がちながら自信をみなぎらせた。ここで小野寺は顔を曇らせた。

「なるほど、話はわかった。おまえが、京四郎を手助けしたことは誉めてつかわそう。だがな、鶴之助さまを仕留めたのは京四郎に非ずだ」

小野寺の視線を浴び、

「おおせの通りにございます。仕留めたのは伊賀組の……」

「黙れ！」

小野寺の甲走った声がした。京四郎は思わず息を呑んだ。

「鶴之助さまは、御自分が喫しておられた煙草《たばこ》の不始末により、火事を起こされたのだ」

大真面目に言う小野寺だが、要するにあくまで鶴之助は火事で死んだということにしなければならないのだろう。

「そうでございますとも」

すかさず京太郎が口を挟む。

「おおせの如く」

不本意ながら京四郎も合わせた。

小野寺はうなずいてから京四郎に向いて、

「という次第であるが、事実仕留めたのは伊賀組の者である。よって、褒美の三百両は伊賀組へと下賜されることになるが、そのことに不服はあるまいな」

「ございません」

もちろん、不服はないところだが、なんとも残念だ。三百両があれば、お民と一緒に琉球で暮らせる。いや、そのお民を無事に救い出すことが先決だった。

「なに、無償ということはない。わしがいくらか褒美を遣わすからがっかりするな」

「ありがたき幸せにございます」

「さて、宗念だが」

小野寺の語調が変わった。妙に冷ややかで険を含んだものになっている。

三

宗念にも小野寺の変化が伝わったとみえ、警戒心を含んだ上目使いとなって小野寺の言葉を待っている。

「なるほど、そなた、京四郎に助力したことまことあっぱれである。そのことは誉めてつかわす」

小野寺は言葉を区切った。

ここで言葉を止めたこと、微妙な言い回し、そして小野寺の態度からして次に語られるのが、宗念にとって決して明るいものではないことを如実に感じさせた。それが証拠に宗念の額からは滝のような汗が流れている。

「だが、そなたの本分は何か」

「……」

宗念が黙り込むと、

「本来の役目は何かと問うておる」

小野寺の語調がいやが上にも強くなった。宗念は額を地べたにこすり付けた。まるで平《ひら》蜘蛛《ぐも》のようになりながら、

「鶴之助さまをお守りすることにございます」

「それから」

「その……」

宗念が言葉を詰まらせたところで、

「公方さまの御曹司にふさわしい礼節、学問をお教えすることではないのか」

「おっしゃる通りにございます」

「しかるに、鶴之助さまの所業たるやどうじゃ。岩淵筋で気に入った娘をさらって閨を共

にし、揚句《あげく》に無残にも命を奪う。まさしく、鬼畜の如き所業ぞ」

「それは……」

「知らぬとは言わせぬ」

小野寺の譴責《けんせき》が鞭のように宗念に浴びせられた。宗念は観念したのか、這いつくばったまま言葉を発しない。やかましく響く夏の虫の鳴き声までもが、宗念の罪を責め立てているようだ。

「よって、そなたの罪、決して軽からず。追って沙汰があるまで小伝馬町《こでんまちょう》の牢屋敷に入牢申しつける」

小野寺はそれから市岡たち警護役に、沙汰があるまで謹慎を申しつけた。

京四郎の思惑とは違う結果となった。が、これで、お民を救い出すことはできる。宗念には多少負い目が残るものの、小野寺が言った通り、宗念の罪は免《まぬが》れようがない。

「引き立てよ」

小野寺は配下の侍に命じた。侍二人が宗念の背後に回った。

と、その時、

「このままでは終わらん」

憤怒で顔を真っ赤に染めた宗念が立ち上がり様、拳《こぶし》で侍二人の鳩尾《みぞおち》を突いた。二人は声もなく、その場に転がった。次いで、宗念は倒れた侍から大刀を奪う。それを潮に市岡たちも抜刀する。たちまちにして、飛鳥山は騒乱の場と化した。

虚を突かれた小野寺に宗念が飛びかかる。次の瞬間には小野寺の腕をねじり上げ、

「諏訪京四郎、こうなってはあの女にも死んでもらう」

と、市岡に目で合図した。市岡は猛然と飛鳥山を駆け下りて行った。

——しまった——

鶴之助屋敷へ向かうつもりだ。事が破れ、自暴自棄になっている。最早引き止めるには刀に物を言わせるしかない。

「無駄なあがきはやめよ」

京太郎が大刀を抜いた。

市岡配下の侍が京四郎に斬りかかってきた。京四郎も抜刀し敵と刃を交える。京太郎は小野寺を人質とする宗念に迫った。宗念は小野寺を羽交《はが》い絞《じ》めにしながらじりじりと舞台に向かって歩いて行く。

「やめよ」

京太郎は顔を真っ赤にして叫ぶものの、当然ながら宗念は小野寺を離さない。

それどころか京太郎の焦《あせ》りを誘うように、

「勘定奉行さまにふさわしい死に場所がございますぞ」

と、下卑た笑い声を発し、刃を小野寺の喉に当てた。小野寺の顔は恐怖に引き攣ってい
る。

京四郎は敵三人を斬り伏せ、京太郎の横に立った。宗念は小野寺を連れ、舞台に上がっ
た。

「小野寺さまの首、掻き切って欲しいか」

宗念の声が蝉時雨《せみしぐれ》を切り裂いて響き渡る。小野寺配下の侍たちの動きが止まる。

「刀を捨てよ」

宗念は辺りを睥睨《へいげい》した。侍たちは仕方なく刀を捨てる。京太郎も唇を噛み締めながら刀
を置いた。それからまだ捨てようとしない京四郎の脇腹《わきばら》に、

「おい」

と、肘鉄《ひじてつ》を食らわせた。

京四郎もやむをえず捨てた。

「よし、それでいい。ここからの眺めはよいのう」

提灯に照らされた飛鳥山は幻想的な情景を浮かび上がらせている。中でも、舞台の上は
ふんだんに提灯が灯《とも》されているため、尚のこと映えていた。

「舞台映えがするぞ」

京四郎は声をかけた。京太郎が、「よせ」と苦い顔をする。ところが、宗念は京四郎の掛け声に気を良くしたのか満面に笑みをたたえた。

「さもあろう。まこと、小野寺さまが死ぬにふさわしい場所。千両役者にでもなったような気分であろうて。のう、小野寺さま」

「………」

今度は小野寺がだんまりを決め込んでいる。

「小野寺さま、人に聞かれたら返事くらいはなされませ」

宗念は弄《もてあそ》ぶように大刀の切っ先で小野寺の鼻をつついた。鼻から血が流れ、小野寺の顔を真っ赤に染めてゆく。

「これが、若い娘ならば、鶴之助さま同様に乳房を切り落とすのも一興なのだが、小野寺さまは男。たわわな乳房などあるはずもなし。ならば、耳と鼻でも削いでみましょうかな」

宗念は楽しそうに舌なめずりをした。

京四郎は懐を探る。指先に餅が触れた。だが、宗念の視線が京四郎に降り注ぐ。少しでも、怪しい動きをしたら小野寺の命はないと目で言っていた。

下手に動けない。

何か宗念の気を逸らすことはできないか。

京太郎も万策尽きたように成行きを見守っている。

と、舞台袖では団九郎と為左衛門が身を潜めていた。小野寺配下の侍から取調べが終わるまでここを動くなときつく申し渡されたからだ。

「えらいことになったもんや。勘定奉行さま、坊主に人質に取られたがな」

「逃げればよかっただ」

「せやかて、逃げたら、御曹司さま殺しの仲間と思われる言うて止めたのは、おまえやないか。まったく、弥助たらいう男。とんでもないやっちゃ。ほんま、人は見かけによらんいうことがようわかったで」

団九郎は舌打ちをした。為左衛門は舞台袖から首を伸ばし、

「京四郎さんがいるだ」

と、この場には似つかわしくない呑気な口調で言った。

「京四郎はんが……」

団九郎も顔を出す。それから二人は顔を見合わせ、

「ほんまや」

団九郎が驚きの声を上げた。次いで、

「まあ、鳥見役のお役目なんやろうけど、雀獲りと勝手が違って大変やで」

と、他人事のように呟く。

「助けるだ」

為左衛門が言う。

「助けるて、勘定奉行さまをかいな」

「んだ」

「そんな怖いことできるかいな。あの坊主の顔見てみい、鬼みたいやで」

「ほんでも、このまま見ておれねえだ」

「なら、おまえ一人でやれや」

「団さんもやるだ。勘定奉行さまをお助けすれば、おいらたちのこと、許してもらえるかもしれねえ」

為左衛門の言葉に団九郎は手を打った。

「それもそうやな。そうや、許されるどころやないがな。褒美を下さるかもわからんで。きっと、そうや。えらい褒美をくれるがな。よっしゃ、いっちょ、やったるで」

団九郎はつい声が大きくなり、慌てて両手で口を塞いだ。二人は視線を凝らし舞台を見た。宗念はこちらに背中を向けている。

「為、はよ行かんかい。おまえの大きい身体で後ろから体当たりをすれば、あの坊主かてひとたまりもないで」

「んだども」

「びびってる場合やないで」

「団さん、狡いだ」

「わてかて行くがな。ただ、ちょっと、腹が差し込んでるのや」

団九郎は手で腹を押さえ顔を歪ませたが、

「駄目だ。一緒だ」

為左衛門にきつく返され、

「わかったがな。ほんなら、せいの、で行くで」

と、両手に唾をかけた。為左衛門は大きくうなずく。団九郎が、

「せいの」

と、思い切って声をかけ、二人は同時に舞台へと飛び出した。

四

「鼻からいくか」

宗念は大刀の切っ先を小野寺の鼻に当てた。小野寺の顔が苦痛に歪む。京太郎は耐えられないように目を伏せた。

と、その時、宗念の背後で大きな足音が近づいて来た。

宗念が振り返った。

眼前に右半身が塩冶判官、左半身が大星由良助という団九郎と、岩石のような為左衛門が迫っていた。

「なんじゃ」

宗念が驚きの声を上げるのと同時に団九郎と為左衛門が体当たりをした。予想だにしなかった敵の出現と攻撃に宗念は為す術もなく、小野寺と共に舞台に倒れた。

が、それでも、反撃に出ようと即座に立ち上がり大刀を振り上げる。

「どすこい！」

為左衛門の張り手が宗念の右頬に炸裂《さくれつ》した。宗念の身体が吹っ飛び舞台から落下した。

同時に大刀が舞台を転がる。団九郎が素早く拾い上げる。

京太郎が宗念に駆け寄と、

「観念せい」

と、刃を突き付けた。

京四郎は舞台の側まで行き、

「でかした。日本一！」

と、大きな声を上げ、拍手を送った。小野寺配下の侍たちからもやんやの喝采《かっさい》が送られる。先ほど舞台で大道芸を演じた時とは打って変わった大きな声援だった。

得意満面の団九郎は大刀を片手にみえを切り、為左衛門は四股《しこ》を踏んだ。

「ようやった。あっぱれな働きじゃ」

小野寺も手放しで二人をたたえた。

それを見届け鶴之助屋敷へ行こうと、京四郎は踵を返した。

と、ここで木村丈太郎のことが脳裏をかすめた。

――あいつはどうした――

飛鳥山に姿を見せなかった。

一体、何を考えている。鶴之助暗殺を見届けるのではなかったのか。木村自身が言っていた。

高みの見物をすると。

それが、やって来ないというのはどういうわけだろう。それとも、何処かに潜んでいたのだろうか。

——ま、いいか——

まずはお民を助け出すことだ。

京四郎は夜陰をついて鶴之助屋敷へとやって来た。

と、長屋門を入ったところで、

「待っておったぞ」

市岡が立っている。

主《あるじ》を失った屋敷内だが、篝火が焚かれ昼間のような明るさである。

「お民はどうした」

「無事だ。指一本触れておらん」

「よし、案内しろ。まだ、座敷牢に捕えておるのだろう」

「そうだ。連れて行くがいい。但し、おれと勝負してからだ」

「面白いが、無駄な殺生はせぬ。宗念は捕まったぞ。小野寺さまはご無事だ」

「それもよかろう。おれはおまえと刃を交えたいだけだ」

市岡が引き下がるつもりはないのはその目でわかる。京四郎も正々堂々とした勝負がしたくなった。

「よかろう」

京四郎が応じると市岡はにっこりと微笑んだ。

「この屋敷に来てからというもの、鶴之助さまの我儘《わがまま》に振り回され、心ならずも罪を重ねてきた。この身もずいぶんと穢《けが》れた。せめて、武士らしく真剣勝負をしてこの世の名残としたい」

市岡は静かに大刀を抜いた。

京四郎も抜刀し、正眼《せいがん》に構える。市岡との間合いは三間ほどだ。

「でえい！」

市岡は野太い声を発すると猛然とした突きを繰り出してきた。

京四郎は跳躍した。

市岡を飛び越える時、右の足で市岡の顔面を蹴った。

市岡の身体が大きくよろめいた。

降り立つと同時に大刀の切っ先で市岡の左肩から右脇腹にかけて袈裟懸けにした。市岡は跪《ひざまず》き京四郎を見上げた。笑顔を浮かべ、右手を懐中に突っ込むと何かを摑み京四郎に向かって放り出した。

月光に煌めく金属片はお民が囚われている座敷牢の鍵に他ならなかった。

市岡の亡骸にそっと手を合わせる。放って寄こした鍵を拾い御殿の裏手へと急いだ。ともかく、これで無事お民を救い出すことができる。そう思うと、足取りも軽やかになる。

数寄屋造りの建屋に着くと引き戸を開けた。

と、

「お主……」

京四郎は啞然として口を半開きにした。

そこには公儀御庭番木村丈太郎がいた。紙屑拾いの格好ではなく、黒地の単衣に裁着け袴を穿き、腰には大小を落とし差しにしている。

「おお、遅かったな」

格子の前に立つ木村はすっ惚けた様子だ。格子にお民がすがりついた。

「お主、どうして……」

「そんなことより、早く出してやれ」

木村は京四郎の手にある鍵を見ながら言った。助けたくても、鍵がないから困っていたのだとも付け加える。何はともあれ、南京錠を外し戸を開ける。

「大丈夫か」

声をかけると同時にお民が京四郎の胸に飛び込んで来た。お民の甘い香りと温《ぬく》もりを感じ、胸の中が安らぎで満たされた。木村の手前いつまでも抱きしめていることはできず、やんわりと身体を離した。それからおもむろに木村に向き直る。

「お主、主のいない屋敷で何をしておったのだ」

「探索だ」

木村は平然と答えた。

「何の探索だ。鶴之助さまの罪業か」

これには木村は苦笑を漏らした。ふざけるなというようにきつい目を向ける。

「今更、鶴之助さまの罪を暴いたところで仕方あるまい。よしんば、暴いたとしてもどうすることもできないのだぞ。鶴之助さまには死んで頂くということに決した。お主がここに来たということは、鶴之助さまは最早この世のお人ではないのだろう。鶴之助さまの行った罪、一連の殺しを暴いたとしても表沙汰にはできん。かりにも、公方さまの御落胤なのだからな」

その言葉に嘘はない。木村の言うことは筋が通っている。とすれば、益々、木村の行動は不可解だ。鶴之助屋敷に潜入しながら、鶴之助以下、主だった者たちの留守を狙って忍び込んだ狙いは何だ。

「この屋敷、金も金目の物もないな」

木村は呆れたように舌打ちをした。

京四郎が訝しげな目を向けると、

「御殿も土蔵も隅から隅まで探ったが、出て来たのは米や味噌、醬油などの食い物、さして値の張らない調度類や着物ばかりだ。金子といえば、百両に満たない。まあ、百両といえば、大金だがな……」

「お主、まさか、この屋敷の財宝を狙っていたのか」

なんという男だ。

公儀御庭番が盗人《ぬすっと》まがい、いや、はっきりと盗み行為を行うとは。鶴之助や配下の者たち、更には京四郎たちが飛鳥山に集まり、防備が手薄となった屋敷に盗みに入るとは。まるで空き巣だ。

「お主、それでも御庭番か」

怒声を浴びせたが、横目に心配顔のお民が映ったため、無理に表情を和らげ、

「御庭番が空き巣をやっておるのか」

「おい、おい」

木村は苦笑を漏らした。

「笑って誤魔化すな」

「すまん、すまん。そういきり立つな。おれはちゃんと自分の役目を果たしたのだ」

木村一流のお惚けであろうか。

「盗みを行うことが御庭番のお役目なのか。ふざけおって」

「ふざけてはおらん」

「この屋敷の財宝を物色しておったではないか」

「だから、それが役目なのだ」

木村は静かに告げた。その顔つきはこれまでのへらへらしたものではなく、将軍直属の隠密たる公儀御庭番の威厳に満ちていた。

「お主に公儀の台所事情のこと話したたな」

「財政悪化の折、勘定奉行小野寺隠岐守さまは鶴之助さま暗殺を競わせ、仕留められなかった組の禄を差し止める。悪化の原因の一つは鶴之助さまの散財。これまでに莫大な金を浪費した、というものだったたな」

「いかにも。だが、この屋敷には金目の物はない。呆れるほどにな」

「それはつまり……」

「鶴之助さまに莫大な金子を届けていたのは小野寺隠岐守さま」

「すると……。金子は小野寺さまが……」

「そうだ。小野寺隠岐守、莫大な金を着服し、それを鶴之助さまに擦《なす》り付けたのだ」

木村は目をしばたたいた。

京四郎はめまいを覚えた。

全ては小野寺の陰謀であったのだ。鶴之助が凌辱《りょうじょく》殺人を犯したのは事実だが、それに便乗して己の公金横領の罪までも負わせる。小野寺という男、狡猾《こうかつ》極まりない。

木村が鶴之助暗殺に興味を抱いていなかったのは、狙いを小野寺の公金横領に定めていたからだろう。

「御老中水野越前守さまのお指図だ。水野さまは小野寺の悪行、見抜いておられた」

木村は冷めた声で言った。

五

水無月二十日の夜。

弁天屋に京四郎と団九郎、為左衛門が集まった。団九郎はいつになく冴《さ》えない顔だ。当てにしていた小野寺からの褒美が小野寺の失脚により絵に描いた餅となったのだ。

「ほんま、せっかくお命を助けたのに、小野寺さま、切腹やなんて。ついてないで。なあ、為」

「んだ」

為左衛門も落胆することしきりである。

小野寺は飛鳥山の騒ぎ、鶴之助が落命したことの責任を負い切腹した。もちろん、それが表立った理由であり、事実は木村の探索によって暴かれた公金横領の罪であることは確かだ。

ともかく、鶴之助と小野寺の罪は夏の日の短い闇の中に葬られたという次第だ。

小野寺について京太郎は何も言わない。素知らぬ顔を決め込んでいる。政の世界に巣食う魑魅魍魎《ちみもうりよう》は鬼畜の如き鶴之助以上に怪異なものなのかもしれない。

ただ、京太郎は無言で金十両をくれた。余計なことは口外するなという口止料なのだろうが、京太郎なりの気遣いだと好意的に受け取った。

「いつまでもくよくよするな」

「せやかて京四郎はん……」

「取らぬ狸の皮算用さ」

「そらそうやけど」

団九郎は大きくため息を吐いた。

「褒美は出なかったが、おまえたち、大喝采を浴びたじゃないか」

途端に団九郎と為左衛門の相好が崩れた。

「京四郎はんも見てくれてたんですものね」

「まさしく、日本一の大道芸だった」

「そうでっしゃろ。いやあ、あの時はほんま、気持ち良かったわ」

「生きててよかったですだ」

為左衛門も言い添えた。

「これからも、大勢の人間を喜ばせろ、これは、見物料だ」

京四郎は十両の内の五両を二人にやった。

「ええんでっか」

「もちろんだ。そうだ。今日はおれのつけで思う存分飲み食いしてくれ」

京四郎は腰を上げた。

二人は声を揃え礼を言った。

暖簾を潜ったところで空を見上げた。一面の星空である。お民が追いかけて来た。

「今回はずいぶん怖い思いをさせたな」

「無事帰って来れたのですから」

「帰って来れたなあ……。おまえ、琉球に帰りたくはないのか」

「帰りたくはありませんが、今の暮らしに満足しています」

お民の瞳は星のように輝いた。

「本当か」

という問いかけを胸に仕舞った。それを確かめるのが怖い。自分だけが琉球で暮らしたいと思っているのだとしたら、お民は、そう、最早藍佐奈ではないのか。

飛鳥山の麓にある小料理屋弁天屋の看板娘。

藍佐奈ではなくお民なのか。

お民の心の奥底はわからない。琉球への思いを断ち切ったわけではないだろう。自分やお蔦を気遣って、ここの暮らしがいいと言っているのかもしれない。

いや、そう考えることは自分の身勝手というものか。

いずれにしても、現実問題、琉球へ渡る金はできていない。琉球で暮らすことは絵に描いた餅である。

「京四郎さま、星がとってもきれい」

夜空を見上げるお民の横顔はうっとりするほど美しい。澄んだ瞳がキラキラと輝き、穢れを知らない清流を思わせる。

「お民」

京四郎はそっと抱き寄せた。

「幸せです」

京四郎の胸の中でお民の囁きが、いつまでも耳に残った。

光文社文庫

文庫書下ろし／長編時代小説
若《わか》殿《との》討《う》ち　鳥見《とりみ》役《やく》京《きょう》四郎《しろう》裏《うら》御用《ごよう》㈤
著者　早《はや》見《み》　俊《しゅん》

2013年7月20日　初版1刷発行

発行者　駒井　稔
印刷　豊国印刷
製本　関川製本

発行所　株式会社　光文社
〒112-8011　東京都文京区音羽1-16-6
電話 (03)5395-8149　編集部
8113　書籍販売部
8125　業務部

ISBN978-4-334-76598-9　Printed in Japan

組版　萩原印刷

お願い　光文社文庫をお読みになって、いかがでございましたか。「読後の感想」を編集部あてに、ぜひお送りください。

このほか光文社文庫では、どんな本をお読みになりましたか。これから、どういう本をご希望ですか。

どの本も、誤植がないようつとめていますが、もしお気づきの点がございましたら、お教えください。ご職業、ご年齢などもお書きそえいただければ幸いです。当社の規定により本来の目的以外に使用せず、大切に扱わせていただきます。

光文社文庫編集部